www.tredition.de

AF216849

Conny Lingus

Dressed To Show 1

Erotische Phantasien
Alexandra & Co.

www.tredition.de

© 2020 Conny Lingus

Umschlaggestaltung: Sophie von Luhering
unter Verwendung des lizensierten Fotos Nr.
35534483 von 123RF.com (Pawel Sierakoski)

Verlag & Druck: tredition GmbH, Halenreie 40-44,
22359 Hamburg

ISBN
Paperback: 978-3-347-10296-5
Hardcover: 978-3-347-10297-2
e-Book: 978-3-347-10298-9

Inhaltsverzeichnis

Alexandra	9
Der Designer	23
Barbesuch	49
Happy Birthday	57
Nude Workout	67
Kofferpacken	77
Nude Yoga	85
Beach Hotel	93
Shopping	107
Sylvester	117
Bikerin	129
Tandem	135
Bikertreffen	141
Ende gut – alles gut	151
Vorschau – Au Restaurant	155

Biographie

Unter dem Pseudonym Conny Lingus schreibt der Autor, eigentlich als uneheliches Kind einer niederbayrischen Metzgerstochter und eines irischen Aer-Lingus-Piloten unter dem bürgerlichen Namen Konrad Meisenberger tief im Westen Castrop-Rauxels aufgewachsen, erotische Kurzgeschichten.

Fragte man den 13-jährigen Schüler Konrad nach seinem Lieblingsfach, so antwortete er stets „weibliche Anatomie". Diese Vorliebe ist dem leidenschaftlichen Voyeur bis heute erhalten geblieben.

Nach dem Lehramtsstudium mit den Hauptfächern Biologie, Deutsch und Leibesübungen leistete Konrad zunächst seinen Zivildienst im Kölner Eros-Center ab. Zurück an der Hochschule promovierte er über das Thema „Messung physischer Reaktionen von Männern bei Konfrontation mit Frauen in transparenter Kleidung". Dabei lernte er auch seine heutige Lebensgefährtin kennen, die als Agent Provocateur an der Studie beteiligt war. Für einige der erotischen Erzählungen dient sie auch als Vorlage.

Der geneigte Leser denke hier nur an die äußerst verführerische Muse Alexandra. Wobei man auch die exhibitionistisch veranlagte Valérie aus Paris nicht außer Acht lassen sollte. Oder die enthusiastische Nacktradlerin Sam. Oder ... Ob der Autor auch hier aus eigener Erfahrung berichtet?

Alexandra

Ich höre ein Geräusch an der Tür. Den ganzen Nachmittag bin ich bereits ganz unruhig, freue mich auf ihren Besuch.

Alexandra habe ich vor drei Wochen auf einer Party bei Freunden kennengelernt und bin ihr seitdem verfallen. Die unglaubliche, blonde Mähne, der schlanke, wohlproportionierte Körper der 25-Jährigen Schönheit, der unter der freizügigen Kleidung so viel erkennen lässt, dass meine Hose bereits beim ersten Anblick zu eng wird.

Mein Freund Gregor hatte uns miteinander bekannt gemacht und so standen wir mit unseren Champagner-Gläsern zusammen und versuchten, etwas über den anderen zu erfahren. Sie hatte den Knopf ihres Blazers, unter dem sie nichts weiter trug als ihre blanke Haut, geöffnet und bot mir einen Blick auf ihren geradezu jungfräulich straffen Busen, von dem ich meine Augen den ganzen Abend kaum abwenden konnte. Hin und wieder strich sie mit der Hand über ihre Brüste, zupfte an ihren ungewöhnlich langen Nippeln. Ihre lange Hose aus transparentem, dunkelblauem Chiffon ließ in aller Deutlichkeit erkennen, dass sie weder Unterwäsche noch Schambehaarung mochte.

Völlig fasziniert war ich von der eleganten Bewegung, mit der sie ihr Rapunzelhaar zur Seite strich, um gleich anschließend das Revers ihrer Jacke soweit beiseite zu nehmen, dass sie nahezu oben ohne dastand. Dies tat sie mit einer Selbstverständlichkeit, als sei es völlig normal, sich in der Öffentlichkeit halbnackt zu präsentieren. Beim Abschied gab sie mir einen Kuss und strich mir völlig ungeniert und unerwartet über die Erektion, die ihr offensichtlich nicht entgangen war: „Dachte ich mir's doch!

Fühlt sich aber gut an. Schönen Abend noch! Und träum'
was Süßes!"

Drei Tage später schliefen wir das erste Mal miteinander, nachdem wir entdeckt hatten, dass wir viele Vorlieben teilten.

Alexandra kommt also zur Tür herein und übertrifft sogar noch alle meine Erwartungen. Ihr seidig glänzendes, fülliges Haar reicht bis zu ihren Knien mit einem vollkommen geraden Schnitt, der zeigt, dass sie die Spitzen regelmäßig nachschneiden lässt. Wie ein Vorhang fällt ihr das Goldhaar ins Gesicht, was den Blick aus ihren strahlend blauen Augen nur noch verführerischer macht. Die vollkommen durchsichtige, schwarze Spitzenbluse zeigt ihre wundervollen Brüste mit den ausgeprägt langen, steifen Nippeln, die aus kleinen, dunklen Vorhöfen hervorragen. Dazu trägt sie einen ebenfalls schwarzen, vorne geschlitzten Satinrock, der ihre nahtlos gebräunte, sorgfältig rasierte Scham zeigt, wenn sie sich bewegt. Abgesehen von den dunklen Lidschatten und den langen Wimpern ist sie kaum geschminkt. Feine goldene Ketten zieren das rechte Handgelenk und die linke Fessel. Dazu trägt sie hochhackige Pumps.

Wir küssen uns innig zur Begrüßung, unsere Zungen und Lippen erforschen einander. Meine Rechte liebkost ihre linke Brustwarze, während Alexandras Hand sich meiner Erektion unter dem Hosenstoff angenommen hat. So voller Erwartung schaffen wir es kaum, uns voneinander zu lösen.

Den Tisch habe ich bereits schön für uns zwei gedeckt: weißes Jacquard-Tischtuch mit passenden Servietten in ziselierten Serviettenringen aus Silber, edlem Wedgewood-Geschirr mit Platztellern, dem Silberbesteck mit

Kreuzbandmuster von Christofle für vier Gänge, hauchdünnen, großvolumigen Gläsern für Weiß- und Rotwein. Zwei dreiarmige Kerzenleuchter aus Silber sorgen für eine romantische Beleuchtung.

Doch zunächst geht es in die Küche, in der schon das Kaminfeuer knistert. Ich bin besonders stolz darauf, einen offenen Kamin in meiner Küche zu haben, der bereits beim Aperitif für eine romantische Stimmung sorgt. Der Radiosender spielt leise Slow Jazz. Zwei schlanke Champagner-Gläser stehen schon bereit. Mit einem dezenten Plopp öffne ich eine Flasche Veuve Cliquot und schenke uns von der hellgoldenen, feinperligen Flüssigkeit ein. „Prost!" „Auf das, was wir lieben!" Unsere Lippen finden erneut zueinander in einer Mischung aus Zärtlichkeit und Begierde.

Alexandra hat sich auf die Arbeitsplatte gesetzt, ihre Schenkel gespreizt und mit den Fingerspitzen ihre Labien auseinandergezogen, um mir zu zeigen, was sie gerne als Appetizer hätte. Ich streichele sanft ihren schon sichtbar geschwollenen Kitzler und prüfe mit dem Finger die Feuchtigkeit ihrer Vagina. Inzwischen hat sie meinen Schwanz aus seinem viel zu engen Gefängnis befreit und lässt ihre Finger auf meiner Eichel kreisen, die ein enger, goldener Reifen besonders schön in Form bringt. Nun beginne ich, mit meinem harten Penis ihre Klitoris zu massieren, weite ihre Öffnung, versenke ihn in ihr, ziehe ihn wieder zurück, stoße wieder zu. Rein und raus in immer schnellerem Tempo. Alexandras Lippen sind leicht geöffnet, ein lustvolles Seufzen wiederholt sich. Ich merke, wie ich mich selber dem Höhepunkt nähere, stoße noch ein paarmal heftig zu und schieße mein Sperma in ihren Leib. Mit einem Schrei kommt nun auch Alexandra zum Orgasmus, drückt mich zitternd ganz fest an sich, bis unser beider Erregung allmählich verebbt.

Ich ziehe mich aus ihr zurück und beobachte, wie die Mischung aus unseren Körpersäften zwischen ihre Schenkel rinnt, folge ihrer Aufforderung, sie sauber zu lecken, und sauge mein eigenes Sperma auf, das ein wenig nach ihrer Möse schmeckt. Nachdem Alexandra auch mein Glied wie eine Katze sauber geleckt hat, schenke ich uns noch etwas Champagner ein. „Auf den Erfinder des Quickies!", prosten wir einander zu.

Ich genieße den Anblick der wunderschönen Alexandra, die so inspirierend auf mich wirkt. Sie könnte glatt meine Muse werden, die mich befruchtet und beflügelt. Obwohl, mit dem Befruchten sollten wir uns schon ein wenig zurückhalten.

Nachdem wir uns im Bad ein wenig erfrischt haben, bitte ich Alexandra zu Tisch und erläutere ihr kurz das Menü des heutigen Abends, das ich am Nachmittag mit viel Sorgfalt und Freude zubereitet habe. Es gibt:

- Kleine Wildpastete an Weingelee

- Seeteufel-Medaillons in einer leichten Noilly-Prat-Sauce mit in Limetten gedünstetem Fenchel

- Lamm-Karree in Petersilienkruste mit Blattspinat und Pommes Rissolées

- Creme Brulée mit Waldbeeren

Und dazu selbstverständlich die passenden Weine.

Zunächst serviere ich die Vorspeise. Alexandra sitzt mir gegenüber und sieht wirklich hinreißend aus in ihrem Hauch von Spitzenbluse, die die Nacktheit ihrer Brüste noch unterstreicht, die von langen, blonden Wellen umspielt werden. Dass meine Hormone verrücktspielen und mein Schwanz schon wieder in Habachtstellung gegangen ist, brauche ich wohl nicht extra zu erwähnen. Ich sage ihr, wie schön sie ist, und sie schenkt mir ihr bezauberndstes und zugleich verführerischstes Lächeln aus ihren intensiv blauen Augen.

Die Wildpastete ist köstlich. Offenbar ist sie mir diesmal gut gelungen, nicht so trocken wie vor ein paar Monaten als ich sie der schönen, rassigen Vittoria zum Dinner servierte. Mit ihrer langen dunklen Mähne und dem völlig nackten Körper sah sie zwar ziemlich göttlich aus, war aber emotional so kalt wie eine Hundeschnauze. Der Versuch, mich herumzukriegen, indem sie gleich vollkommen unbekleidet bei mir erschien, erwies sich daher als nicht zielführend.

Alexandra und ich genießen jedenfalls unsere Vorspeise, zu der ich einen Gewürztraminer von Dopff aus dem elsässischen Riquewihr gewählt habe. Wir sind immer noch in der Kennenlernphase. Alexandra erzählt von ihrem Architektur-Studium in Berlin, London und München. Ich gebe einen kurzen Überblick über meine Kindheit und mein Design-Studium. Über meine studienbegleitenden Aktivitäten als Akt- und Penismodel sowie als einer der drei ‚Long Cock Boys' möchte ich ihr in dieser frühen Phase unserer Beziehung noch nicht berichten.

Ich frage sie, ob sie denn auch im Architekturbüro so freizügig gekleidet sei. „Das geht natürlich nicht. Dann könnte ich mich der männlichen Kollegen gar nicht mehr erwehren und hätte alle Frauen gegen mich. Obwohl, so ganz unproblematisch ist das nicht, da ich ja grundsätzlich keine Unterwäsche trage und sich zumindest meine ausgeprägten Brustwarzen durch jeden Stoff durchdrücken. Zu Hosen trage ich meistens enge Pullover, die wie eine zweite Haut anliegen, was meinen straffen Busen natürlich schön zur Geltung bringt. Ist der Strick mal etwas grobmaschiger, sieht man schon mal die dunklen Vorhöfe, speziell bei hellen Pullis. Neulich hatte ich mal einen Pullover mit besonders weiten Maschen an, durch die sich meine Nippel drückten. Das war natürlich der Hingucker, der meine Kollegen schon sehr unruhig werden ließ.

Wenn eine Besprechung mit Kunden ansteht, suche ich morgens gerne mal ein Kleid mit tiefem Ausschnitt bis zum Bauchnabel aus, das auch noch vorne geschlitzt ist. Wenn ich dann die Beine erst spreize und dann übereinander schlage, kann mein Gegenüber für einen Augenblick meine glatt rasierte Scham sehen. Er wirkt danach meistens etwas unkonzentriert. Solche Momente genieße ich."

Diese Vorstellung erregt mich. Ich beuge mich vor, strecke meine Hand aus und streichele sanft ihre Brust, zwirbele die Brustwarze ein wenig, bis Alexandra einen wohligen Seufzer hören lässt. Ich fühle, wie ein Fuß mein Gemächt berührt, erst ganz leicht, dann immer fordernder. Auf einmal taucht Alexandra ab unter den Tisch, öffnet meinen Hosenschlitz und beginnt gierig, an meinem steifen Schwanz zu lecken und zu saugen. Sie tut das mit solcher Geschicklichkeit und Inbrunst, dass ich mich bereits wenige Minuten später in ihren Schlund ergieße. Sie schluckt mein Sperma und leckt mein Glied sauber, so als wäre es eine Delikatesse.

Nach einem weiteren Glas Wein muss ich wieder in die Küche, mich um den Fisch kümmern. Alles ist vorbereitet. Der Fenchel ist bereits fertig, die Sauce wartet. So muss ich nur noch die Seeteufel-Medaillons kurz anbraten und dann kurz in der Sauce ziehen lassen. Und, voilà, kann ich das köstliche Gericht servieren. Dazu gibt es einen Chablis, der vorzüglich zu dem edlen Fisch passt.

Als ich mit dem Fisch ins Esszimmer komme, sehe ich Alexandra mit einem glückseligen Lächeln und gespreizten Schenkeln auf ihrem Stuhl sitzen. Ein ganz leichtes Zittern geht immer noch durch ihren Körper. Ihre Finger ruhen noch auf ihrem Kitzler und zeigen mir, wie sich Alexandra gerade die Befriedigung verschafft hat. Auf meine Frage, ob sie eine anregende Pause verbracht habe, strahlt sie mich nur aus ihren blauen Augen an.

Der Seeteufel ist wunderbar gelungen, der Wein vorzüglich. Ich erhebe mein Glas: „Auf das, was wir lieben!" „Und welches sind deine Vorlieben?" Ich nenne nur diejenigen, die zur augenblicklichen Situation passen: „Traumfrauen mit wundervollem langem Haar, glatt rasiertem Venushügel, nicht zu großen, straffen Brüsten mit langen, festen Nippeln, Kleidung, die alles Wichtige zeigt, auch in der Öffentlichkeit, Sex zu jeder Tages- und Nachtzeit, völlig egal ob Fremde zusehen. Außerdem liebe ich gutes Essen und exzellente Weine. Und du?" „Ich teile alle deine Vorlieben, habe allerdings auch noch ein Faible für smarte, gutaussehende Männer mit Stil und prächtigem, am liebsten beschnittenem Penis. Sorgfältig rasiert und nahtlos gebräunt sollte er auch sein." „Da scheinen wir ja genial zueinander zu passen!"

„Bevor es zum nächsten Gang geht, könnte ich mir eine kleine Zwischenmahlzeit sehr gut vorstellen. Gewissermaßen statt eines Sorbets. Bist du schon wieder fit?", fragt meine Schöne, „ich möchte deinen Zauberstab in meiner engen Möse spüren. Zieh dich aus!" Alexandra hat ihre beiden einzigen Kleidungsstücke inzwischen abgelegt und beginnt, wohl um mir die Dringlichkeit zu verdeutlichen, etwas Olivenöl auf ihrem Kitzler und den Schamlippen zu verreiben, was nicht ohne Folgen bleibt. Ich wiederum folge ihrem Wunsch, stehe jetzt splitternackt vor ihr und überlasse meinen Körper Alexandras Regie. Bei ihrem Anblick braucht es nichts weiter, um mein Glied wie eine eins stehen zu lassen. Dennoch tut sie alles, um mich mit Hand und Lippen so auf Touren zu bringen, dass ich um Haaresbreite in ihrem Mund komme, falls ich nicht um Gnade flehe. Aber wir haben schließlich noch Größeres vor. Alexandra setzt sich nun frontal auf meinen Schoß, nimmt meinen Schwanz gierig in ihrer Vagina auf und reitet mich immer schneller werdend, bis ich in ihr explodiere und uns beide eine gewaltiger Orgasmus erschüttert.

Nach einer Erholungspause begleitet mich Alexandra in die Küche. Das Holz knistert immer noch so schön im Kamin und verbreitet eine wohlige Wärme, die wir besonders genießen, da wir beide mittlerweile völlig nackt sind. Sie hat ihr Haar jetzt zu einem Knoten aufgesteckt. Während ich den Hauptgang vorbereite, sage ich ihr wie wundervoll ihr langes Haar ist, und dass ich zuvor noch nie einer Frau begegnet bin, die ihre Haare in Knielänge trug. „Ich habe mein Haar seit meinem 12. Geburtstag wachsen und immer nur die Haarspitzen nachschneiden lassen. Als Kind wollte ich immer Haare bis zu den Knöcheln haben. Doch selbst die jetzige Haarlänge von 125 cm ist im Alltag leider recht unpraktisch, so dass ich sie meistens zum Knoten aufgesteckt oder zum Zopf geflochten trage, auch im Büro oder nachts. Ich überlege schon seit längerem, sie auf Taillenlänge abzuschneiden, damit ich sie immer offen tragen kann."

Ich beschwöre sie, sich nicht zu viel von ihrem traumhaften Haar abschneiden zu lassen, finde, es sei ein Frevel, einen halben Meter dieser wundervollen Mähne zu opfern, mindestens den Po müsse das Haar noch bedecken. Sie löst den Knoten und hält das Haar so, dass es gerade einmal bis unter den Po reicht. „So?", fragt sie.

„Welche Art Sex magst du eigentlich am liebsten?", frage ich Alexandra. „Ich mag jede Art von Sex, die nicht mit Schmerzen zufügen, Schmerzen erleiden, der Schaffung von Abhängigkeiten oder Exkrementen und Ähnlichem zu tun hat. Ansonsten kann ich es gar nicht oft genug treiben, ganz gleich, ob oral, vaginal oder anal. Hin und wieder genieße ich auch mal die Zärtlichkeit einer Frau, die so ganz anders ist als die eines Mannes. Aber eigentlich bevorzuge ich gut gebaute, durchtrainierte Männerkörper mit rasiertem Schambereich und einem standhaften Penis, der mich ausfüllt. Ich versuche, jeden Tag so oft Sex zu haben, wie ich kann. Dazu genügt nicht immer ein einziger Mann. Diese Toleranz muss mein Freund nun einmal aufbringen. Sonst geht eine Beziehung mit mir nicht gut."

„Und welches war dein schönstes sexuelles Erlebnis?", frage ich nach. „Der Wahnsinn ist, wenn mich zwei Männer gleichzeitig penetrieren, einer von vorne, einer von hinten. Wenn beide Schwänze ihren gemeinsamen Rhythmus finden und sich im selben Moment an der dünnen Wand zwischen Scheide und Darm treffen, diese Stelle von beiden Seiten gleichzeitig massieren. Das treibt mich jedes Mal in Extase. Aber leider sind nicht viele Männer bereit, mich mit einem anderen zu teilen. Ein Mann mit zwei Frauen ist da schon deutlich beliebter. Aber das kann ja auch sehr viel Lust bereiten."

„Im Prinzip teile ich meine Frau nicht so gerne mit jemand anderem. Aber solange es nur um Sex geht, genieße auch ich gerne die Abwechslung. Würdest du dich selber als nymphoman bezeichnen?" „Auf alle Fälle! Ich bin eine nymphomane, sexsüchtige Exhibitionistin. Allerdings eine, die immer wieder in ihren sicheren Hafen zurückkehrt. Sexuelle Abwechslung ja, aber ohne eine feste Beziehung kann ich auch nicht leben."

Ich verrate ihr noch nicht, dass ich während meines Studiums des Industriedesigns u.a. mit Strip Shows und Pornos mein Geld verdient habe. Das hebe ich mir für später auf. Wir lernen uns ja gerade erst kennen.

Die nächsten 30 Minuten, während das Lammkarree im Ofen brät, lassen sich doch noch sinnvoll, oder besser gesagt lustvoll, nutzen. Ich bitte meine neue Freundin also, sich mit dem Rücken auf den leeren Küchentisch zu legen und mit angezogenen Beinen ihr Geschlecht zu öffnen. Ihr langes Blondhaar fällt weit bis auf den Boden und ich muss aufpassen, nicht darauf zu treten. Zunächst reibe ich den herrlich glatten, sorgfältig enthaarten Venushügel mit etwas aromatisiertem Olivenöl ein, nehme mir Zeit für die großen und die kleinen Schamlippen, lasse zwei Finger in ihrer Vagina auf Suche gehen und meine Zunge auf ihrer Klitoris tanzen. Sie schmeckt nach Rosmarin und Limette. Als sie zunehmend unruhig wird und leise zu stöhnen beginnt, wechsele ich die Seite und dringe mit meinem erigierten Penis in ihren Mund ein, der sich mir auf der anderen Seite des Tisches genau in der richtigen Höhe anbietet. Zuerst öffne ich ihre Lippen mit meiner Eichel, genieße ihre neugierige Zunge, wie sie die Kontur meines Cockrings ertastet, wie sie meinen Schwanz förmlich in sich hinein saugt. Ich bewege ihn rein und raus, immer wieder. Ihr Schlund liegt so, dass sie ihn ungeahnt tief in sich aufnehmen kann. Meine Erregung steigt. Ich wechsele wieder die Seite und stoße meine harte Erektion bis zum Anschlag in ihre Möse, vögele sie hart, bis wir direkt nacheinander mit lautem Aufschrei zum Höhepunkt kommen.

Nun ist auch das Lamm soweit, kurz übergrillt zu werden, und ich serviere schon einmal die vorbereiteten Beilagen. Wir stoßen an mit einem 2006er Saint Emilion, Château Cheval Rouge, einem exzellenten Wein mit intensiver Beerennote und langem Abgang. Das Fleisch ist rosa, butterzart und einfach köstlich, eines meiner Lieblingsgerichte.

Wir sind beide immer noch nackt. Ich genieße den Anblick dieser schönen Frau, ihr seidig glänzendes Goldhaar, das im Sitzen bis zum Boden reicht, die wundervollen Brüste mit den kleinen, dunklen Vorhöfen und den ungewöhnlich langen Nippeln, den schlanken Hals und nicht zuletzt die Eleganz ihrer Bewegungen. Wie sie mit der Hand ihr Haar aus dem Gesicht streicht, so dass es ganz verführerisch gerade einmal zur Hälfte ihr rechtes Auge verdeckt, was auf mich unglaublich erregend wirkt. Aber, um ehrlich zu sein, benötige ich jetzt erst einmal eine kleine Auszeit, muss meinem Schwanz die Gelegenheit bieten, sich ein wenig zu erholen, neue Kraft zu sammeln. Er war ja heute Abend schon mehrfach im Einsatz. Doch Alexandra scheint unermüdlich zu sein. Ich fühle schon wieder, wie ihre Zehen unter dem Tisch mit meinen Eiern spielen, ganz erwartungsvoll. Aber das muss jetzt noch etwas Zeit haben. Zumindest bis nach dem Dessert.

Der Designer

Mein Name ist Cook, James Cook. Und meine Leidenschaft habe ich zum Beruf gemacht: das Design ausgefallener Dinge. Zum Beispiel Möbel, Sättel, Kleidung und Schmuck. Allerdings alles etwas speziell.

Und nun erzähle ich Ihnen, wie es dazu gekommen ist. Aufgewachsen bin ich als behüteter Sohn einer deutschen Malerin und eines australischen Mathematikprofessors in einer süddeutschen Universitätsstadt. Meine Mutter hatte mir sowohl Interesse als auch Talent in die Wiege gelegt und so begann ich, nach Gymnasium und Wehrdienst bei der Marine, mit 21 Jahren Kunst und Design zu studieren. Da ich seit jeher ein Faible für gediegene Kleidung hatte, pflegte ich meine studentische Kasse durch gelegentliche Jobs, u.a. als Kellner in einer angesagten Bar, aufzubessern.

Einer dieser Jobs war es, für Akt-Zeichenkurse an der Kunsthochschule Modell zu sitzen. Mit leicht lockigem, dunklem Haar und klassisch schönen Gesichtszügen sowie einer durchtrainierten Figur war ich seit Schulzeiten stets der Schwarm des weiblichen Geschlechts gewesen. Hinzu kommen Charme und Humor, so dass ich mich der hübschesten Mädchen und Frauen nie ganz erwehren konnte. Im Gegenteil, ich konnte von ihnen gar nicht genug bekommen. Und so war es auch bei meiner Tätigkeit als Aktmodell. Um mich zu becircen und die vermeintlichen Nebenbuhlerinnen auszustechen, kam so manche Studentin in derart sexy Outfit in den Kurs, dass meine Männlichkeit das nicht ignorieren konnte und sich während des Aktzeichnens in voller Einsatzbereitschaft präsentierte. Mein Penis ist beschnitten, von beachtlicher Größe und mein Schambereich immer perfekt rasiert. So kam es, dass ich schon bald Engagements als Penismodel bekam. Mein Schwanz war offenbar weit und breit der

Schönste. Er wurde gezeichnet, gemalt, fotografiert und in den unterschiedlichsten Materialien nachgebildet. Es genügte stets, wenn sich im Zeichensaal oder im Studio wenigstens eine junge Frau befand, deren Anblick ich erregend fand. Auf diese Weise blieb mein bestes Stück auch immer im praktischen Trainingseinsatz, gewissermaßen Penisjogging auf immer wieder neuen Strecken. Dass ich meinen Arbeitsplatz ohne weibliche Begleitung verließ, kam nur äußerst selten vor.

Und so dauerte es auch nicht lange bis ich gefragt wurde, ob ich nicht als dritter Mann in einer exklusiven Strippertruppe mitmachen wolle. Da die Aussichten auf viel Spaß und sehr guten Verdienst hervorragend waren, wurde ich also einer der „3 Long-Cock-Boys". Wir traten bei Junggesellinnen-Abschiedsparties und anderen Events verschiedenster Damenclubs auf. Da wir dem zweiten Teil unseres Mottos „Strip & More" immer mit viel Engagement nachkamen, erfreuten wir uns mehrere Jahre lang großer Beliebtheit bei der Damenwelt. Durch den Erfolg wuchs auch das finanzielle Polster.

So dauerte es auch nicht lange, bis man mir anbot, in internationalen Pornofilmproduktionen mitzuwirken. Durch diesen Job, zunächst vor, später hinter der Kamera, wurde ich vertraut mit allerlei sexuellen Praktiken, mit denen ich bis dahin noch keine Erfahrungen hatte. Viele davon sagten mir jedoch auf Dauer nicht zu. Mit Beherrschung und Unterwerfung, Schmerzen zufügen und Schmerzen erleiden konnte ich nichts anfangen. Mein Geldsäckel wurde im Laufe der Jahre zwar immer praller, doch verlor ich nach und nach die Lust, mich weiterhin zu prostituieren.

So stellte ich mit Mitte Dreißig das Hüpfen von Ast zu Ast ein und konzentrierte mich auf meinen Hauptberuf als freier Industriedesigner. Ich lernte Alexandra kennen und verabschiedete mich vom promisken Leben meiner Vergangenheit.

Als mir kurz vor dem vierzigsten Geburtstag bewusst wurde, dass ich bald die Hälfte meines Lebens hinter mir habe, besann ich mich wieder meiner sexuellen Erfahrungen, diesmal allerdings um etwas völlig Neues zu machen.

Auf die Idee brachte mich meine Muse und wunderbare Freundin Alexandra. Sie ist nicht nur die schönste Frau der Welt, zumindest für mich, sondern auch Ideengeberin und leidenschaftliche Testerin meiner Erfindungen und Kreationen. Dank ihrer exhibitionistischen Veranlagung liebt sie sehr freizügige Kleidung, falls sie nicht ohnehin nackt herumläuft. Was beides wiederum meinen Neigungen sehr entgegenkommt. Ihr seidiges, blondes Haar reicht ihr bis zum Po, gerade so lang, dass sie sich nicht draufsetzen kann. Sie trägt es meistens offen, so dass es in üppigen, weichen Wellen über ihren Rücken fällt. Oder vom Seitenscheitel mit einem herrlichen Außenschwung so halb über das rechte Auge, was ihr etwas Geheimnisvolles verleiht und unglaublich sexy aussieht. Allein von diesem Anblick regt sich schon mein bestes Stück in der Hose. Die goldene Mähne erfordert zwar jeden Tag viel zeitaufwendige Pflege, ist es aber auf jeden Fall wert.

Alexandra legt ohnehin viel Wert auf die tägliche Pflege ihres perfekten Körpers. Sie nennt es ihre Care-und-Mehr-Stunde, für die sie sich immer ausreichend Zeit nimmt. Nach einem schönen, heißen Bad cremt sie sorgfältig den gesamten Körper mit einer ölhaltigen Lotion ein, die ihre Haut so schön schimmern lässt. Dass sie ihren Körper regelmäßig enthaart ist ganz selbstverständlich. So achtet sie genau darauf, dass niemals auch nur ein winziger Haarstoppel ihre seidig glänzende Scham verunstaltet. Wenn sie sich jeden zweiten Tag den Intimbereich rasiert, zieht sie die mit Rasierschaum bedeckte Haut straff und schabt die Haarstoppeln mit der scharfen Klinge des Nassrasierers ab, kontrolliert genau, ob sich nicht noch ein unerwünschtes Härchen um die Schamlippen verirrt hat und unterzieht auch ihren Kitzler einer sorgfältigen Kontrolle. Dabei verwendet sie immer eine Extraportion Massageöl, das sie auf ihrer empfindlichsten Stelle verteilt und dann genüsslich einmassiert. Nach wenigen Minuten beginnt sie sich jedes Mal zu winden und ein leises, wollüstiges Stöhnen entringt sich ihren leicht geöffneten Lippen.

Manchmal komme ich dazu und wir können dann nicht widerstehen, uns ein wenig miteinander zu befassen, was die Pflegestunde dann etwas länger dauern lässt. Ich beuge mich über sie und sage ihr, wie schön sie ist und wie zart sich ihre Haut anfühlt. Sie bittet mich dann immer, zu prüfen, ob sie sich auch ordentlich genug rasiert hat und wie sich ihr Kitzler anfühlt. Ich prüfe immer zuerst ganz sanft mit den Fingerspitzen und dann mit meinen Lippen, lasse die Zunge über ihr Lustzentrum kreisen, bis sie wieder ein leises Stöhnen hören lässt. Sie fragt dann immer, ob sich mein Schwanz auch so zart anfühle. Das müsse sie dringend untersuchen, ich solle mich mal ausziehen und vor sie hinstellen. Dann prüft sie mit ihren weichen Lippen ganz ausgiebig meinen harten Schwanz und versucht, ihn geradezu auszusaugen. Was ihr auch meistens gelingt. Falls nicht, dringe ich in ihre frisch geölte Spalte ein und wir reiten gemeinsam dem Höhepunkt entgegen. Man könnte unser gemeinsames Motto gewissermaßen „zart und hart" nennen.

Soweit sie zuhause nicht ohnehin nackt herumläuft, trägt sie höchstens mal einen Pullover aus nahezu transparentem, ultraleichtem Kaschmirstrick, der ihre wundervollen Brüste mit den harten Nippeln und auch sonst alle anatomischen Details mühelos erkennen lässt und kaum den Po bedeckt. Da sie so gut wie nie Unterwäsche trägt, stellt sie dabei natürlich auch ihren haarlosen Venushügel zur Schau. Sie lümmelt sich gerne mit angezogenen Beinen auf dem Sofa und liest die erotischen Geschichten, die ich gerade neu geschrieben habe. Dabei rutscht oft eine Brust aus dem tiefen V-Ausschnitt, ihre Beine spreizen sich und Schamlippen und Kitzler recken sich ihren Fingern entgegen, mit denen sie sich hingebungsvoll streichelt. Sie sitzt dann mit zunehmend verklärtem Blick da und ein leichtes Stöhnen entringt sich ihren Lippen. Den oberen, versteht sich. Manchmal komme ich dazu und sie befreit meine Erektion aus der Enge meiner Hose. Je nach Laune lässt sie mein Glied in ihre vor Erregung nasse Vagina gleiten oder bringt mich mit ihren Lippen zum Höhepunkt.

Wenn wir ausgehen, wählt sie fast immer etwas Transparentes, ein Top, eine Bluse oder ein Kleid, unter dem man ihre festen, nicht zu großen, perfekt geformten Brüste mit den langen, steifen Nippeln und den kleinen dunklen Vorhöfen sehen kann. Zum Beispiel eine langärmelige Bluse aus schwarzem Chiffon, die alles zeigt, was Alexandra obenherum zu bieten hat, über einer hautengen schwarzen Nappalederhose, die jede Spalte ihres Unterleibs betont. Wenn sie so gekleidet mit ihren bis fast zu den Schenkeln reichenden blonden Haaren ein Restaurant betritt, drehen sich garantiert alle Gäste nach ihr um. Und ich bin stolz darauf, ihr Begleiter zu sein.

Ehe ich's vergesse: die Nappalederhose verfügt über einen vom vorderen bis zum hinteren Bund durchgehenden Reißverschluss, mit dem sie die intimen Bereiche quasi mit einem Zipp zur Schau stellen und zugänglich machen kann. Was ich in geeigneten Situationen immer wieder gerne genieße, beispielsweise bei einem spontanen Fick zwischendurch.

Wenn wir ein klassisches Konzert im Opernhaus besuchen, trägt sie gerne ein schwarzes Kleid, das ihre linke Körperhälfte völlig unbedeckt lässt. Ihre jungfräulich straffe linke Brust schmückt dann meistens ein goldener Anhänger mit einem großen, farbigen Edelstein. Das Kleid wird auf der linken Seite nur von einem goldenen Kettchen in Taillenhöhe gehalten. Bei jeder Bewegung ist so natürlich auch ihr haarloser Venushügel zu sehen. Ein weiterer goldener Anhänger betont ihre deutlich hervortretende Klitoris. Die ungeteilte Aufmerksamkeit der übrigen Konzertbesucher ist ihr jedes Mal sicher. Zumal wenn wir in der Pause zusammenstehen und sie sanft mein steifes Glied massiert, das sich unter dem Hosenstoff deutlich abzeichnet. Und wenn wir dann auf unseren Plätzen der Musik lauschen, wandert meine Rechte unweigerlich zwischen ihre Beine, während ihre Linke meine Männlichkeit streichelt. Es fällt oft schwer, keinen Laut von uns zu geben. Jüngere Leute tolerieren unser Verhalten meist mit unverhohlener Neugier. Ältere schimpfen schon mal oder würden uns am liebsten gleich von der Sittenpolizei verhaften lassen.

Es kommt auch schon mal vor, dass Alexandra sich auf den Tresen der in der Pause leeren Garderobe setzt, das Kettchen ihres Kleides ausklinkt und die Beine weit spreizt, so dass ich sie frontal vögeln kann. Wir müssen uns dann immer beeilen, damit wir zur zweiten Pausenglocke wieder an unseren Plätzen sind. Das Problem dabei ist nur zu verhindern, dass mein Sperma ihr die Beine herunterläuft. Man bräuchte eigentlich so eine Art Korken. Übrigens haben wir es wirklich schon einmal mit einem Weinkorken versucht. Das Auslaufen verhinderte der auch recht gut, aber es war nicht so einfach, ihn wieder heraus zu bekommen.

Zu eleganten Abendveranstaltungen trägt sie manchmal einen langen, fast durchsichtigen Rock, der vorne und hinten bis zur Taille geschlitzt ist, so dass man bei entsprechenden Bewegungen Scham und Pofalte nahezu ungehindert bewundern kann. Der knappe Bolero über der nackten Taille ist vorne offen und lässt ihren Busen sehen. Einmal hatten wir beim Tangotanzen auf einer privaten Party sogar Sex vor aller Augen. Der enge Körperkontakt mit meiner an den entscheidenden Stellen nackten Tanzpartnerin hatte mich derart auf Touren gebracht, dass ich nicht widerstehen konnte, meinen Hosenschlitz zu öffnen und mein steifes Glied zwischen ihren Pobacken zu reiben. In der Drehung des Tanzes hob Ich ihr linkes Bein in die Höhe, so dass sich ihre feuchte Spalte soweit öffnete und ich im Tanzschritt in sie eindringen konnte. So bewegten wir uns nun mit ineinander verschmolzenen Leibern eine ganze Weile zu den melancholischen Klängen des Tango Argentino.

Viele Ideen kommen, wie gesagt, von Alexandra. Und manche davon erweisen sich als durchaus erfolgreich. So zum Beispiel der Damensattel für das Fahrrad. Wie so oft war Alexandra mit dem Fahrrad unterwegs, wobei sie ganz zur Freude der übrigen Verkehrsteilnehmer meistens einen ultrakurzen Rock oder ein leichtes Sommerkleidchen trägt, das mit Mühe gerade einmal den Po bedeckt. Da sie es nach Möglichkeit vermeidet, Unterwäsche zu tragen, erntet sie damit entweder entzückte oder empörte Blicke. Außerdem würde der Sattel sie so schön stimulieren. Und da sie immer auf der Suche nach neuen Erfahrungen ist, fragte sie mich eines Tages, ob man nicht einen Fahrradsattel mit einer Art Dildo versehen könnte, um das Vergnügen beim Radfahren noch zu steigern. Das solle sich aber so anfühlen, als würde sie meinen Schwanz dabei spüren.

Zunächst einmal ist zu überlegen: Ist das machbar? Ja, es gilt, eine Art Dildo auf einem Fahrradsattel zu befestigen. Wie soll dieser Dildo beschaffen sein? In der Form meines eigenen, erigierten Penis. Hart genug, um der Benutzerin Lust zu bereiten, weich und kurz genug, um keine Schmerzen oder gar Verletzungen verursachen zu können. Und wie sieht's mit der Sicherheit aus? Der Dildo muss sich bei heftiger Erschütterung durch Unfall lösen, aber nicht bei Erregung oder Orgasmus.

Man muss also zunächst eine Form von meinem steifen Glied abnehmen, eine schleimhautverträgliche Masse geeigneter Härte finden und die Vagina der Radfahrerin Alexandra vermessen nach Eindringtiefe und -winkel. Also im Internet ein Penisabformset bestellen und selbsthärtende Silikonmasse der richtigen Härte. Am besten mehrere Härtegrade alternativ zum Ausprobieren. Gesagt, getan. Sobald alles geliefert ist, kann die Abformung beginnen. Nachdem die Abformmasse in einen aufklappbaren Zylinder gefüllt ist, verhilft mir die verführerische Alexandra mit Hand und Mund zu einem prächtigen Ständer. Der mit Talkum gepuderte, nunmehr völlig weiße Penis wird jetzt in die Masse im offenen Zylinder gedrückt und die andere Zylinderhälfte darauf gepresst, bis die Abformmasse an den Rändern herausgedrückt wird. Während der nun folgenden Abbindezeit küsst und liebkost Alexandra den Rest meines Körpers, um meinen Erregungszustand aufrecht zu erhalten. Nach dem Aushärten wird die Form von allen Graten und Unregelmäßigkeiten befreit. In die geschlossene Form wird dann mit Druck die Silikonmasse gepresst. Nach dem Aushärten kann der erste Silikonschwanz entnommen und entgratet werden. Zwei weitere Härtegrade folgen. Nun beginnen Erprobung und Anpassung. In die vor erwartungsvoller Erregung feuchte Scheide führt Alexandra nacheinander die Abgüsse ein, bewegt sie eine Weile hin und her und wählt schließlich das ideale Modell aus, mit dem sie den Fahrradsattel besteigt. Der Silikonpenis ragt erwartungsgemäß zu weit aus der Vagina heraus und muss erst einmal an der Basis gekürzt werden.

Als dies geschehen ist, besteigt Alexandra erneut den Fahrradsattel und bringt ihren Körper in die richtige Position, um einerseits mit dem Fahrrad komfortabel fahren und andererseits meinen kopierten Penis lustvoll in sich spüren zu können. Ich halte den richtigen Winkel fest, in dem der Dildo auf dem Sattel angebracht werden muss. Nachdem alles angepasst ist, macht Alexandra eine Probefahrt. Sie steht in den Pedalen und bei jedem Heben und Senken des Beckens taucht der Kunstpenis in ihrer Scheide auf und ab und massiert diese bei jeder Bewegung. Mit jeder gefahrenen Runde steigt die Erregung, solange bis sie anhalten muss, weil sie ein heftiger Orgasmus schüttelt. Das sei wirklich ein geiles Teil, meint sie nach kurzer Ruhepause. Und es sei doch eine tolle Vorstellung, dass alle Frauen, die den Damensattel kaufen, gewissermaßen von meinem Schwanz gefickt würden.

So etwas solle ich doch auch für Reiterinnen entwickeln. Im leichten Trab würden sie dann bei jedem Auf und Ab aufs Neue penetriert. Und im Galopp würden sie bei jedem Sprung auf den Kunstpenis gedrückt. Das müsse doch ein irres Gefühl sein. Und nun stelle man sich das Ganze einmal beim Rodeoreiten auf einem bockigen Hengst vor. Fucking Rodeo – der Wahnsinn! Alexandra ist von ihrer Idee völlig begeistert und würde sie am liebsten sofort ausprobieren.

Jetzt ist unsere Fantasie richtig in Schwung gekommen und wir stellen uns vor, dasselbe Prinzip bei einem Barhocker anzuwenden. Also quasi der Barhocker ‚Insider' für den Ladies' Club. Dann könne die Dame im Suff auch nicht so locker vom Hocker fallen, ulken wir.

Ein paar Tage später kommt sie mit einer neuen Idee an. Es müsse doch ein geiles Gefühl sein, mich gewissermaßen in sich zu spüren, wenn sie im Alltag unterwegs sei. Ob ich den Abguss meines Penis nicht auch als eine Art Slipeinlage konstruieren könne. Vielleicht sogar mit Vibratorfunktion? Und Fernbedienung? Oder eine Art „trio infernal", das gleichzeitig Klitoris, Vagina und Anus stimuliert? Vielleicht sollten wir verschiedene Varianten konstruieren? Sie sei schon ganz scharf darauf, alles auszuprobieren. Und natürlich auch eine stimulierende Penishülle für unterwegs im Alltag.

„Stell dir mal vor, du sitzt im Eisenbahnabteil und unter den Augen der nichtsahnenden Mitreisenden geht dir einer ab. Oder du sitzt in einem Meeting und kannst dich vor Erregung kaum beherrschen. Das wäre doch der absolute Wahnsinn!" „Ja, ich rutsche dann von einer Pobacke auf die andere, weiß gar nicht, wie ich das Stöhnen unterdrücken soll und irgendwann explodiere ich." „Genau in dem Augenblick, wo du gebeten wirst, nach vorne zu kommen, um deine Präsentation zu halten. Dann bildet sich ein dunkler Fleck auf deiner Hose und du weißt gar nicht, wie du den verstecken sollst. Alle gucken dich schon ganz komisch an."

Bei einem weiteren Barbesuch kam Alexandra auf die Idee mit dem „Lonesome Cowboy Sucker'. Es war so eine Art Western-Bar, ganz im Stil eines Saloons eingerichtet. Die Gäste waren zumeist männlich, trugen Cowboyhüte und Lederwesten und starrten mit gierigen Augen auf die Brüste der beiden barbusigen Barkeeperinnen. Einer, der offensichtlich schon mehr als einen dreifachen Bourbon intus hatte, holte seinen Steifen heraus und wichste vor sich hin. Was Alex auf die Idee brachte, unterhalb des Tresens eine Art höhenverstellbare Kunstmuschi zu installieren. Dort könne der Lonesome Cowboy seinen Schwanz hineinstecken. Mittels eines kleinen Elektromotors würde das Glied dann gewissermaßen von der sich hin und her bewegenden Muschi gefickt. Vielleicht könne man den Lusteffekt noch steigern, indem ein intermittierendes Vakuum den Schwanz in sich hinein saugt, was natürlich auch für die Entsorgung des Spermas ganz praktisch wäre. „Es könnte für dich allerdings etwas anstrengend werden, wenn du bei deinen Vertriebsaktivitäten das Teil immer wieder vorführen musst" grinst Alexandra.

Und da fällt uns ein, dass man doch auf ähnliche Art und Weise auch eine Pimmel-Waschanlage konstruieren könne. Die wäre dann in den Herrentoiletten vornehmer Hotels und Restaurants installiert und würde uns Männern nach Einwurf einer Münze den Penis bürsten, was bestimmt sogar ganz anregend wäre: „Cock wash with a smile".

Da meine Alexandra, die allerbeste Muse von allen, gerne sehr offenherzige Kleider trägt, schlug sie mir eines Tages vor, eine Kollektion zu entwerfen, die immer eine Brust unbedeckt lässt, vielleicht mit dem Namen „Kollektion Linke Titte" oder international besser verständlich „One Tit Only". Das bereits erwähnte Kleid, das die linke Körperhälfte komplett freilässt, ist das erste Modell dieser Kollektion. Das zweite hat rechts einen langen Ärmel und ist auf der Seite gut knielang. Der anschmiegsame Stoff wird links lediglich in der Taille durch ein Kettchen gehalten, die linke Brust bleibt frei. Der Saum verläuft von der Taille schräg abwärts nach rechts. Je nach Bewegung ist die Scham dann zu sehen. Eine weitere Variante wäre ein ziemlich transparentes, vielleicht knapp knielanges Kleid aus leichtem, weich fließendem Stoff mit weitem Wasserfallkragen, der zu einem sehr tiefen Ausschnitt fällt und dabei mal die linke, mal die rechte Brust völlig unbedeckt lässt.

Eine weitere schöne Idee sind die „Fickkleider", also Kleider, die stets so viel sehen lassen, dass Trägerin und Betrachter unweigerlich nur noch den einen einzigen Wunsch haben: Ficken! Diese Kleider sind so kurz, dass sie den unteren Teil der Pobacken und die komplette Scham vom Venushügel abwärts unbedeckt lassen. Für den Geschlechtsverkehr muss man sie nicht einmal anheben. Meist unterstreichen diese Fickkleider durch ihre Transparenz auch obenherum alle offensichtlichen Vorzüge der Trägerin. Besonders schön wirkt diese Mode natürlich bei Frauen mit sehr ausgeprägtem Kitzler und Schamlippen. Und manche lieben es auch, besonderen

Schmuck an ihren delikatesten Stellen zu tragen. Doch dazu kommen wir später.

Auch für den Mann entwickelt Alexandra immer wieder Ideen, die wir dann gemeinsam umsetzen. So entstand auch die Herrenmode-Kollektion „Exhibitio" mit den inzwischen in den entsprechenden Kreisen recht bekannt gewordenen sogenannten Fickhosen. Besonderes Merkmal ist immer, dass sie des Mannes bestes Stück zwar zur Schau stellen, aber niemals nackt zeigen. Am besten verkaufen sich die Hosen, denen eine eng anliegende Hülle Penis und Hoden gewissermaßen eine herausragende Rolle verleiht. So kann das erigierte Glied zwar in voller Größe bewundert werden, aber es wirkt dennoch stets angezogen, auf Wunsch auch in Flanell. Dementsprechend haben wir das Modell „Outlook" genannt.

Gut angezogen fühlt sich der exhibitionistisch veranlagte Mann auch in einer hauchdünnen, elastischen Leggins, die sowohl das Hinterteil als auch das Vorderteil in seinem jeweiligen Erregungszustand sehr plastisch modelliert. Dafür sorgen geschickt platzierte Nähte. Besonders gut funktioniert das, wenn Alexandra bei mir in der Öffentlichkeit Hand anlegt.

Wir haben noch eine weitere Variante ersonnen, bei der der Mittelteil aus transparentem Stoff besteht, was Voyeurinnen sehr entgegenkommt.

Meine Muse meint übrigens, wir sollten auch noch eine „aktive" Version entwickeln, die den Schwanz durch einen leichten Reizstrom oder durch einen mechanischen Impulsgeber gewissermaßen in Form bringt und durch stetige Stimulation für andauernde Lustgefühle sorgt. Vielleicht sollten wir den erigierten Penis noch mit kleinen Gurten in senkrechter Position fixieren, damit er besonders gut zur Geltung kommt.

Apropos Schmuck. Hier ersann Alexandra ebenfalls zwei Kollektionen für weibliche und männliche Träger*Innen. „Pimp Your Pussy" heißt die Kollektion für die Frau. Wie hatten auch an "Pretty Clitty" gedacht, aber das schien uns dann doch zu einseitig. Sie umfasst Strass-Tattoos, Ringe, Stangen und Kettchen, als Piercings oder zum Anklemmen an gewissermaßen hervorragende Körperteile. Neben kleinen und größeren Ringen in goldenen, silbernen oder brillantbesetzten Varianten gibt es beispielsweise eine nach Maß gefertigte Busenstange, deren linkes und rechtes Ende jeweils durch die entsprechende Brustwarze gestochen wird. Das penetrierende Stück ist wesentlich dünner als die restliche Stange. Danach wird wieder ein dickeres Stück aufgeschraubt. Das erweckt dann den Eindruck als ginge die dicke Stange direkt durch die Nippel, was total scharf aussieht.

Beliebt sind übrigens die Labienspreizer, die die Schamlippen mittels einer kleinen Feder auseinander halten, so dass der Kitzler besonders schön zu sehen ist. Er wird normalerweise ohne Höschen unter Röcken oder Kleidern getragen und vermittelt der Trägerin ein äußerst geiles Gefühl, wenn sie so in der Öffentlichkeit unterwegs ist. Toll sieht das natürlich unter extrem kurzen Minikleidern aus, die die Scham nicht einmal richtig bedecken. Aber da bedarf es schon einer recht tabulosen Trägerin.

Sensationelle Lustempfindungen bewirkt übrigens der String, den Alexandra scherzhaft den Kettenhund nennt. Er besteht aus einer Art metallenem Gürtel von dem zwei goldene Ketten mit recht massiven Kettengliedern an beiden Seiten des Kitzlers entlangführen und diesen je nach Bewegung ständig ein wenig oder auch etwas mehr massieren, was der Trägerin oft ein entrücktes Lächeln ins Gesicht zaubert.

Ein großer Erfolg ist auch die VagiClip-Collection. Es handelt sich stets um eine Art Federklammer, deren Unterteil in die Vagina eingeführt wird und mit einer gewölbten und sanft genoppten Platte gegen die Scheidenvorderwand drückt. Empfindliche Frauen spüren dabei eine Stimulation des G-Spots. Außerhalb der Scheide verlaufen zwei Stäbe links und rechts der Klitoris und trennen die großen von den kleinen Labien. Die Federwirkung sorgt für einen festen Halt auch bei heftigen Bewegungen und durch den Druck für eine ständige Stimulation, die in der Regel dafür sorgt, dass der Kitzler ein wenig anschwillt und sich so dem Betrachter gewissermaßen ganz hervorragend präsentiert. Diesen VagiClip gibt es in verschiedenen Materialien und Farben, aus Gold, Silber, mattem Titan, dunkel eloxiertem Stahl usw. Unter der Bezeichnung VagiDiamond gibt es ihn auch mit funkelnden Brillanten besetzt, echten oder auch synthetischen. Eine weitere Variante ist der VagiSun, dessen Clip Kitzler und kleine Schamlippen wie eine kleine Haube verdeckt, gewissermaßen die diskrete Ausführung für die nicht ganz so mutigen Damen.

Es gibt aber auch noch den VagiVibe, dessen In-Vagina-Teil ein Vibrator ist, der der Trägerin ‚good vibes' verschafft. Betätigt wird er entweder durch einen winzigen Druckschalter am Scheideneingang oder durch eine Fernbedienung, die per Funk auch aus größerer Entfernung funktioniert, so dass auch ein Anderer die vibes auslösen kann. Das trifft die Trägerin dann meistens plötzlich und unerwartet in der Öffentlichkeit und veranlasst sie so zu tänzelnden Bewegungen, die sich der uneingeweihte Dritte gar nicht erklären kann. Wir arbeiten noch an einer Variante, die sich per App vom Smartphone aus bedienen lässt. Also gewissermaßen ‚Anruf genügt‘, wo auch immer auf der Welt sich die Trägerin gerade befindet.

Als wir die neue Kollektion erstmals auf dem Laufsteg vorstellten, wobei auf einem riesigen Monitor die Details in Nahaufnahme gezeigt wurden, wanden sich die Models vor Erregung. Das zumeist weibliche Publikum applaudierte begeistert. Inzwischen haben wir übrigens mehr als 10.000 Stück davon weltweit verkauft, vornehmlich in den asiatischen Raum.

Der Erfolg ließ uns auch über Produkte für den geilen Herrn nachdenken, was zur ‚Horny-Master-Collection‘ führte. Der EierTolla ist beispielsweise eine Kombination aus zwei miteinander verbundenen, vibrierenden Ringen, einem der die Hoden und einem zweiten, der die Peniswurzel umschließt. Die Intensität lässt sich regeln und reicht von der intervallweisen Vermittlung von Lustgefühlen über die dauerhafte Erektion bis zum heftigen Orgasmus. Das Problem bei Letzterem ist, dass das Sperma dann buchstäblich ‚in die Hose geht‘. Daran müssen wir noch arbeiten. Einen weiteren Artikel für den Herrn haben wir ‚AnaleGrande‘ getauft, einen Vibrator im Hintern, der dem Träger im Alltag ganz diskret Lust bereitet, wann und wie intensiv er auch immer will.

Folgerichtig ergab sich daraus eine weitere Neuentwicklung für die Damenwelt, der ‚DabbelFakka‘. Zwei mit einem Steg verbundene Vibratoren in Vagina und Anus sorgen durch oszillierende Bewegungen für ein Höchstmaß an lustvoller Unruhe. Sie können gewissermaßen im Gleichschritt oder auch völlig unabhängig und unterschiedlich agieren und somit auch ganz verschiedene Lustgefühle auslösen. Es gibt ihn in den Ausführungen ‚Tiny' und ‚Mighty DabbelFakka'.

Ein tolles Teil ist auch der ganz besonders schwere Analstöpsel, der durch Größe und Gewicht bei jeder Bewegung die Scheidenwand massiert. Daran kann man auch ein oder mehrere Kettchen befestigen, die die Innenseiten der Oberschenkel streicheln und vorne an den Labien oder dem Kitzler enden.

Nachgedacht haben wir kürzlich auch über einen Vaginaltrichter, der für ein luftiges Gefühl im Unterhaus sorgt. Es handelt sich um eine leicht trichterförmig zulaufende, kurze Röhre mit einem etwas breiteren Strass besetzten Rand. Die Röhre ist weit genug, um nicht versehentlich aus der Scheide zu rutschen. Und die Glitzersteine bieten bei gespreizten Schenkeln auch etwas für das Auge des lustvollen Betrachters. Übrigens macht schon das Ermitteln der richtigen Weite sehr viel Spaß.

Neulich fragte Alexandra, ob es nicht schön wäre, wenn frau einen, etwas verkleinerten, Abguss vom Penis ihres Liebsten als Anhänger für die Halskette oder den Armreif bei uns bestellen könne. Es wäre bestimmt ganz erotisch, wenn sie beispielsweise im Restaurant oder in der Bar den an einer Halskette zwischen den Brüsten hängenden Schwanz mit ihren langen Fingern streicheln würde. Oder ihn zu ihren Lippen führte und ihre Zungenspitze über die Eichel streichen ließe. Oder vielleicht ein bisschen daran lutsche. Sie könnte ihn ja auch vom Kettchen lösen und zwischen ihren breit gespreizten Schenkeln ein wenig damit spielen. Da wäre natürlich ein möglichst großer, goldener Schwanz einfach schöner. Auf jeden Fall bekäme ihr Gegenüber sicherlich einen Steifen und würde bald unruhig auf dem Sitz herumrutschen. Außer der individuellen Anfertigung könnten wir ja auch Standardschwänze in verschiedenen Größen und Materialien anbieten.

Alexandra regte auch an, einen aufklappbaren, massiven und mehrere Zentimeter hohen Halsreifen anzubieten, von dem aus mehrere Kettchen zu den Brustwarzen führen. Entweder an einen Klemmring oder an einen gepiercten Ring, was natürlich viel schöner aussähe.

Alexandra selber trägt sehr gerne einen dezenten, aber sehr eleganten Brustschmuck. Ganz eng um ihre wunderbar langen Nippel liegt ein filigraner Weißgoldring, der mit echten Brillanten bestückt ist, die wirken als würden sie die Brustwarzen schwerelos umkränzen. Unter einer durchsichtigen Bluse oder einem offenen Blazer wirkt das natürlich ungemein, besonders wenn die Edelsteine im Licht der Sonne oder der Strahler glitzern. Bei dem hohen Wert der Brillanten muss der Ring allerdings mit einem durch den Nippel gestochenen Pin gesichert sein. Aber mit synthetischen Steinen könnten wir den Schmuck auch als Klemmversion anbieten.

Nochmal zurück zu den Strass-Tattoos, die unter der Bezeichnung „Strass statt Stress" laufen. Meine Muse trägt selber sehr gerne solchen hübschen Schmuck zum Aufkleben, besonders wenn sie ohnehin fast unbekleidet durch die Gegend läuft. Zum Beispiel glitzernde Ringe um die Nippel herum, vielleicht noch mit so einer Art Sonnenstrahlen, die den Busen von dort ausgehend zieren. Untenherum ganz ähnlich. Glitzersteine auf den äußeren Schamlippen und Strahlen, die von der Muschi wegführen. Das hält natürlich nur auf einem perfekt enthaarten Venushügel. Schön ist auch ein Fake-String, bestehend aus in einer Linie auf die Haut geklebten Strass-Steinen um die Taille, von dort durch die Poritze bis zum Anus und vorne hinab bis zur Klitoris. Wir denken auch an eine Beach-Sport-Collection mit Strass-Tattoos, die z.B. beim Volleyball oder Badminton den Bikini ersetzen und lustvolle Einblicke gewähren.

Wie jeder, der mit dem Jiddischen jemals intensiver konfrontiert wurde, weiß, dass das beste Stück des Mannes als Schmock bezeichnet wird. So steht die Linie „Schmuck 4 Schmock" für ausgefallene Verschönerung eben dieses Körperteils. Da dieser Name im Ausland allerdings oft nicht verstanden wird, überlegen wir, den Namen in „Pimp Your Cock" zu ändern. Meistens hat meine unermüdliche Muse Alexandra die Idee und ich stelle meinen bekanntlich überirdisch schönen Schmock für die Produktentwicklung zur Verfügung. Dass dies nicht ohne Handanlegen und damit auch nicht ohne entsprechenden Erfolg geht, versteht sich von selbst. Neben Cock- oder Eichelringen aus verschiedenen Materialien und in verschiedenen Breiten, ziseliert oder glatt, matt oder glitzernd, gilt es vor allem innovative Produkte zu kreieren. Zum Beispiel einen Penisspreizer, der aus einer Spiralfeder besteht, die sich an Peniswurzel und Eichel abstützt und so den Penis auf seine maximale Länge drückt. Gut funktioniert das allerdings nur bei einer so ausgeprägten Eichel wie meiner. Und das Anlegen ist auch nicht ganz einfach, so dass es letztlich ein Produkt bleibt, an dem wir noch arbeiten müssen.

Alexandra hat es übrigens am liebsten, wenn ich einen drei Zentimeter breiten goldenen Reifen um Peniswurzel und Hoden trage und dazu einen recht massiven Eichelring, die beide mit Swarowski-Steinen besetzt sind. Das wertet so einen Schwanz ganz schön auf. Abgesehen davon, dass Gewicht und Druck immer eine ziemlich ausdrucksvolle Beule in der Hose machen. Sie nutzt das sehr gerne, um in aller Öffentlichkeit über mein Gemächt zu streichen und dafür zu sorgen, dass die Erektion auch von Dauer ist. So etwas nennt man liebevolle Pflege oder auch „tlc" – tender loving care, wie der Angelsachse zu sagen pflegt. Ich trage im Übrigen fast immer irgendeinen einen Penisring, ganz einfach weil ich die Stimulation mag.

Wie schon gesagt, kommt meine unermüdliche Muse Alexandra immer wieder auf neue Ideen. Kürzlich stand sie im Badezimmer vor dem Spiegel und zog ihre Lippen nach. Sie grinste mich an: „Es wäre doch schön, wenn der Lippenstift die Form deines besten Stücks hätte. Dann könnte ich im Restaurant vor allen anderen Gästen meine Lippen mit deiner Eichel streicheln. Das wäre doch supergeil, nicht wahr?"

Ein andermal schlug sie vor, doch einen Tittenstift zu erfinden, also quasi einen kussfesten Lippenstift, mit dem sie ihre Brustwarzen dunkler schminken könnte, damit diese unter transparenter Kleidung noch besser zur Geltung kämen. „Nippelalarm" könnte man den nennen. Und für die Schamlippen und den Kitzler könnte man den Stift doch ebenfalls sehr effektvoll einsetzen, vielleicht sogar in Gold. Und was ich denn von „arsch" schönem Schmuck, im wahrsten Sinne des Wortes, hielte.

Bei unserem Brainstorming, was wir denn noch alles zum Wohle der Menschheit erfinden könnten, entdeckten wir, dass der Bereich „Food and Drinks" noch völlig unzureichend mit erotischen Produkten versorgt ist.

Das fängt schon an bei kleinen Süßigkeiten wie Lollys in Penis- oder Vaginaform, an denen man so herrlich lutschen kann, auch in aller Öffentlichkeit. Und unter der Marke „Harry's Po" könnte man, analog zu den Gummibärchen in großen und in kleinen Tüten, kleine Gummi-Pimmel und Gummi-Muschis anbieten. Vielleicht auch als Mix von beiden oder statt Tüte ein Präservativ als Verpackung? Mir fiel der schöne, altmodische Begriff Lümmeltüte wieder ein. Wär doch mal was anderes.

Auch Eis am Stiel würde als „Frozen Cock" oder „Frozen Pussy" bestimmt seine Liebhaber finden. Man könnte diese Artikel natürlich auch als „Schoko Fellatio" oder „Vanilla Cunnilingus" anbieten. Da wäre der Name gleich die Gebrauchsanweisung.

Auch Reisröllchen mit einer kleinen Klitoris aus einer roten Frucht wären vorstellbar, gewissermaßen Muschi-Sushi. Das wäre doch bestimmt etwas für den japanischen Markt. Think global! Vielleicht gäbe es auch Liebhaber für glibberigen Muschi-Pudding mit einer feinen Moschusnote.

Während der letzten adventlichen Backsession kam meine Muse auch auf die Idee, statt der üblichen Vanillekipferl diesmal Vanillezipferl zu backen. Als problematisch erwies sich allerdings, den aus Sandteig bestehenden Zipferln eine dauerhaft standfeste Form anzuzüchten.

Für unsere lukullischen Projekte sehr dankbar, weil formbar, ist natürlich Marzipan mit und ohne Schokoladenüberzug, das sich vorzüglich für die detaillierte Gestaltung von Genitalien sämtlicher drei Geschlechter eignet: Pimmel, Muschi und ? – Ja was eigentlich?

Gerade zur sommerlichen Grillzeit äußerst beliebt erweist sich unser Hotcock, ein penisförmiges Würstchen in einer Art Brötchen, das wir bewerben mit den Worten:

„einfach zum Anbeissen". Außerdem bieten wir noch eine süße Variante an, der Pimmel im Schlafrock, natürlich wahlweise mit oder ohne Vorhaut bzw. Präputium, wie der Lateiner sagt.

Alexandra meinte, wir sollten auch vor real foods and drugs nicht haltmachen.

Sie dachte dabei an Erektionshilfen und hatte auch schon einen Markennamen bereit: ‚Stehauf Männchen!" So könnte zum Beispiel das mit Viagra versetzte Seniorenmüsli zum Frühstück den Vormittagen neuen Schwung verleihen, ganz nach dem Motto „Hilft dem Opa auf die Oma". Oder der Viagra-Drink vor dem Schlafengehen. Vielleicht auch entsprechend präparierte Zuckerwürfel im five o'clock tea, gewissermaßen als Anregung für den kleinen Fick vor dem Dinner.

Und für ganz besondere Gelegenheiten würden wir erotische Backwaren anbieten. Beispielsweise Hochzeitstorten, verziert mit einem fickenden Paar aus Marzipan (sie beugt sich vor, er nimmt sie von hinten), vielleicht sogar bewegt durch einen kleinen Elektromotor. Fellatio wäre hier ein weiteres, schönes Motiv.

Auch Gebäck in Form von Muschis und Pimmeln soll auf dem Programm stehen. Wir haben uns übrigens entschieden, den Vertrieb in eigener Regie durchzuführen und dafür den Webshop ‚Fuck & Back (sprich: fack und back) eingerichtet.

Ein YouTube-Video brachte uns auf eine schöne Idee für ein erotisches Geschenk der besonderen Art: den Hologramm-Penis. Das Foto des besten Stückes des Mannes, das diesen natürlich im einsatzbereiten Zustand zeigt, wird mittels Lasertechnik in ein Hologramm umgewandelt, das in einem Glasblock zu sehen ist. Alle individuellen Details werden dreidimensional wiedergegeben, die Eichel, der Schaft, die Hoden, eventuell sogar der Cockring springen dem Betrachter geradezu entgegen. Eigentlich nur schade, dass frau damit nicht masturbieren kann, so wie dies mit einem Abguss in Acrylglas durchaus möglich wäre, quasi als Dildo.

Selbstverständlich wären auch andere Motive als Hologramm machbar: der nackte Liebste mit erigiertem Schwanz, ein Frauenkörper mit allen Details vom Haar über den nackten Busen bis hin zur Scham, der glattrasierte Venushügel des Subjekts der Begierde mit allen Details der geöffneten Labien und der Klitoris. Sogar ein fickendes Paar wäre sehr lebensecht machbar, beispielsweise von Alexandra, wie sie mich reitet und ihr langes Haar dabei meinen nackten Körper streichelt. Man könnte sogar genau den Moment wählen, in dem mein Penis gerade in ihre Vagina eintaucht.

Das wäre doch ein schönes Objekt für den Besprechungstisch im Büro. Nette Vorstellung übrigens, dass die Bewerberin beim Vorstellungsgespräch gleich sehen kann, was der Chef außer Kaffekochen noch erwartet.

Barbesuch

Neulich war ich mit Alexandra, der schönsten Frau der Welt und meine Muse, in der ultimativ schicken Bar „Ocean's 11", genannt wie der Film. Sie hat eine ausgeprägt exhibitionistische Ader, was meinen Neigungen sehr entgegen kommt. So trägt sie so gut wie nie Unterwäsche und bevorzugt auch in der Öffentlichkeit Kleidung, die mehr enthüllt als verdeckt. Alexandras Freundin Kathy hatte ihr von dieser Bar in höchsten Tönen vorgeschwärmt; „Das ist wirklich ein total geiles Erlebnis – in jeder Beziehung. Aber ihr seid ja nicht prüde. Stellt euch schon mal darauf ein, dass da die Post abgeht. Und, Alex, zieh dir bloß nicht Zuviel an." Was auch immer das bedeuten sollte.

Im Eingang zur Bar war der Boden verspiegelt, so dass die Türsteher ungehindert sehen konnten, ob die Damen untenherum mehr oder weniger unbekleidet waren, wie es die Anweisung neben dem Einlass empfahl: „bottomless ladies only". Für Alexandra also kein Problem.

Die Bar war schon optisch der absolute Wahnsinn. Decke und Tresen waren vollständig aus Glas, das von smaragdgrün changierenden Lichtwellen durchflutet wurde. Der offenbar beheizte Boden war komplett verspiegelt, so dass man den Gästen quasi unter den Rock schauen konnte. Entsprechend dem Hinweis am Eingang hatten fast alle der weiblichen Gäste auf einen Slip unter ihren raffinierten Kleidern verzichtet oder trugen minimalistische Strings. Klar, dass der Anblick der vielen nackten Muschis die Stimmung bereits ziemlich aufheizte. Sanfte Jazz-Klänge begleiteten die exotischen Drinks, die von zwei gut gebauten Barkeepern serviert wurden, deren nackte, geölte Oberkörper im Licht der Barbeleuchtung schimmerten.

Es war alleine schon eine Freude, sich die weiblichen Gäste anzuschauen, die vor dem Bartresen standen oder mit lasziven Bewegungen zur Musik tanzten. Darunter waren viele ausgesuchte Schönheiten in spärlicher Bekleidung. Eine sehr schlanke Asiatin mit fast knielangem, seidig glänzendem Haar trug ein Kleid, das nur aus filigranen, goldenen Ketten bestand und jedes Detail ihres darunter völlig nackten Körpers zeigte. Die langen, dunklen Nippel schauten vorwitzig zwischen den Maschen hervor und kein Härchen störte die rasierte Scham. Hingebungsvoll massierte sie den erigierten Penis, der aus dem Hosenschlitz ihres Smoking tragenden Begleiters ragte.

Eine dunkelhäutige Schönheit mit neongrünem Irokesenschnitt präsentierte sich völlig unbekleidet mit einem schmalen Streifen ebenso knallig gefärbten Schamhaars. Augenlider, Lippen, Brustwarzen, Finger- und Fußnägel waren ebenfalls neongrün geschminkt. Ihr ebenfalls dunkelhäutiger und völlig unbekleideter Partner zeigte seinen stattlichen, steifen Schwanz samt Hoden in oranger Leuchtfarbe.

Zwei sich innig küssende und gegenseitig überall streichelnde Frauen machten den Eindruck, als wären sie Zwillinge. Man hätte denken können, sie seien in ihr Spiegelbild verliebt, Narzissmus in Reinkultur. Jede von ihnen trug einen fast bodenlangen, rabenschwarzen Zopf, der zwischen den Beinen wieder nach vorne führte und dessen Ende in der Vagina verschwand, über der ein sauber getrimmter Landing Strip den Weg in den Himmel wies. Sie wurden also gewissermaßen von ihrem eigenen Zopf gefickt. Beide hatten breite, strassbesetzte Reifen um Hals, Hand- und Fußgelenke und trugen lediglich vollkommen durchsichtige, schwarze Bodystockings, die im Schritt und an den Brustspitzen ausgeschnitten waren, wo sie einander leckten, saugten und massierten.

Alexandra trug unter ihrem sehr transparenten, kurzen Chiffonkleidchen mit kaum wahrnehmbaren Spaghettiträgern, aus dem immer wieder die Brüste seitlich herausrutschten, nur einen Bracli-String, dessen zwei Perlenketten links und rechts ihres Kitzlers verliefen und sie mittlerweile bei jeder Bewegung vor Erregung leicht erschauern ließen. An ihrem leicht entrückten Blick und den geöffneten Lippen konnte man sehen, wie sich ihre Lüsternheit allmählich steigerte.

Immer wenn sie den Kopf zurückwarf, fiel ihre lange, blonde Mähne über den Rücken bis hinab unter den Sitz und der straffe Busen reckte sich mir entgegen. Ein göttlicher Anblick. Auf dem Barhocker sitzend hatte sie ihr Kleid nach oben geschoben, so dass ihr sorgfältig enthaarter Venushügel, ihre schon sichtlich angeschwollene Klitoris und ihre Schamlippen in voller Pracht vor mir lagen. Mit der linken Hand zog sie nun meinen Kopf zu sich heran, während ihre Zunge die Meine suchte. Ihre Rechte war inzwischen damit beschäftigt, mein schon pochendes Glied aus seinem Gefängnis zu befreien. Frauen sind ja bekanntlich multitaskingfähig. Mit geübten Bewegungen begann sie meinen Schwanz und mich auf immer höhere Touren zu bringen, bis sie ihn endlich zwischen den Perlenketten des Strings in ihre schon sehr feuchte Spalte führte und in voller Länge in sich aufnahm. „Fick mich hier auf dem Hocker! Vor allen Leuten! So heftig du kannst!" flüsterte sie mir ins Ohr. Während ich meine Hände unter ihr Kleid geschoben hatte, um ihre erigierten Nippel zu liebkosen, stieß ich wieder und wieder kraftvoll zu.

Alexandras Stöhnen wurde immer lauter und entlud sich schließlich in einem langgezogenen Schrei, als ein heftiger Orgasmus sie erzittern ließ. Nun explodierte auch ich und schoss meine Ladung in ihren Unterleib. „Ich kann nicht mehr! Halt mich fest!" raunte sie nun mit brüchiger Stimme. Wir standen so noch einige Zeit, bis sich mein zuckender Penis beruhigt hatte. Der Barkeeper, der das Schauspiel völlig gelassen beobachtet hatte, während er routiniert seine Drinks mixte, stellte uns dankenswerterweise einen Spender mit Kleenex-Tüchern bereit, wovon wir ausgiebig Gebrauch machten.

Den übrigen Gästen war unser Tun natürlich nicht verborgen geblieben. Einige hatte dies dazu angeregt, selber aktiv zu werden und ihre Partner*Innen zu streicheln und deren erogene Zonen zu befingern. Um uns hatte sich ein Kreis gebildet, der uns kräftigen Applaus spendete, als wir unsere Orgasmen lautstark herausschrien.

Eine dunkelhaarige Schönheit mit geradezu klassisch griechischem Profil hatte sich vollständig ausgezogen und zeigte ihren sehr schlanken Körper. Ihr kinnlanger Bob fiel durch einen schmalen, überlangen Pony auf, der über die Augenbrauen fiel und über der Nase in einer Spitze zu lief. Überall an ihrem Körper trug sie recht massive, goldene Ringe: in den Ohrläppchen, über der Lippe zwischen den Nasenlöchern, durch die Warzen ihrer kleinen, festen Brüste gestochen und sogar drei Ringe direkt durch die Klitoris, die von diesen ständig liebkost wurde. Sie hatte sich ebenfalls mit gespreizten Schenkeln auf einen benachbarten Barhocker gesetzt und streichelte sich selber die ganze Zeit während unserer Session und spielte an ihren Ringen. Man konnte beobachten, wie ihre Erregung immer weiter stieg, bis sie sich mit geschlossenen Augenliedern und geöffnetem Mund ihrem heftigen Orgasmus hingab.

Ein anderer Gast war gleich mit zwei langhaarigen Schönheiten erschienen, einer goldblonden und einer mit kastanienbraunem Haar. Beide waren nahezu gleich gekleidet, die Blonde in schwarz, die Dunkle allerdings in Weiß. Die extrem offenherzigen Kleider hatten vorne nur eine Art Büstenhebe eingearbeitet, so dass die völlig nackten Brüste besonders schön in Form gebracht wurden. Die Kleider mit ausgestelltem Rocksaum waren so kurz, dass jeder den nackten Schambereich gut erkennen konnte. Die Blonde stand hinter ihm, hatte den Hosenschlitz seines Smokings geöffnet und massierte sein stattliches Glied mit Hingabe. Die Andere hockte vor ihm und ließ ihre Zungenspitze abwechselnd sanft über seine Eichel gleiten, um dann wieder seinen Schwanz saugend und massierend zwischen ihren Lippen aufzunehmen. Die abwechselnde Massage mit Hand und Lippen trieb ihn langsam aber sicher der Ejakulation entgegen. Gerade noch rechtzeitig beendeten die beiden Frauen ihre Aktivitäten und gönnten ihrem Lover eine Erholungspause. Schließlich drehte sich die Brünette mit ihrem Hintern zu ihm, bückte sich nach vorne und zog ihre Schamlippen auseinander, um sich seinem Penis anzubieten. Er stieß hinein, erst langsam, dann immer schneller werdend bis zur lautstarken Erlösung.

Wie der Name der Bar schon vermuten ließ, passierte um 11 Uhr etwas Spezielles. Die Musik wurde immer leiser, ein Donnergroll ertönte und eine tiefe Stimme mit starkem Hall rief: „Ladies and Gentlemen! It is time now to get undressed and to care for your neighbour. Do your very best!"

Wie auf Kommando begannen alle Gäste, sich ihrer restlichen Kleidung zu entledigen und hemmungslos ihren Trieben nachzugeben. Paare gleich welchen Geschlechts streichelten, leckten und saugten an Brüsten und Schwänzen, penetrierten Münder, Scheiden und Därme. Es entwickelte sich die reinste Orgie, die bis in die frühen Morgenstunden dauern sollte.

Happy Birthday

An meinem 40. Geburtstag hatte ich meine Freunde in unser örtliches Sternerestaurant ‚Locanda Cipriani' eingeladen, einem sehr stilvollen italienischen Restaurant mit einem geradezu toskanisch anmutenden kleinen Garten. Die Junisonne erwärmte nicht nur unsere Herzen und der Tag versprach herrlich zu werden. Außerdem stand eine lange Mittsommernacht bevor. Ich hatte sechs weitere Paare eingeladen, nur unsere engsten Freunde, also ein sehr überschaubarer Kreis. Die große Feier mit achtzig Gästen aus dem privaten und beruflichen Umfeld war erst für den Juli geplant.

Auf die Frage, was ich mir denn wünsche, hatte ich geantwortet „viele schöne Frauen und (nicht so ganz ernst gemeint) ein Blaskonzert". Diese Idee hatte meine Gefährtin und Muse Alexandra sogleich aufgegriffen und ihre besten Freundinnen, die ebenso wie sie selbst eine durchaus exhibitionistische Ader haben, gebeten, sich möglichst freizügig zu kleiden und mich an meinem Ehrentag so richtig zu verwöhnen und zwar in jeder Hinsicht.

Alexandra and friends waren schon oft miteinander verreist und hatten halbnackt die Straßencafés verunsichert, einfach um einmal zu sehen, wie die Passanten reagieren. Das eine oder andere Mal hatten sie auch männliche Strip-Shows besucht und dabei hatte Alexandra dann von meiner eigenen Vergangenheit als einem der ‚Long Cock Boys' erzählt. Das war allerdings während meiner Studentenzeit, also noch lange bevor wir uns kennenlernten.

Doch nun zurück zu meiner Geburtstagsfeier. Den Aperitif wollten wir in der Bar des Restaurants zu uns nehmen, um anschließend zum Barbecue in den Sommergarten zu gehen. Ich erwartete die Gäste also in der Bar. Wir prosteten einander zu mit meinem Lieblingschampagner ‚Canard Duchêne'. Gemeinsam brachten sie mir zunächst ein Ständchen, gefolgt von einer kurzen Ansprache meiner Muse. Sie sagte, dass sie mir – wie auch sonst in unserem Leben – gerade an diesem besonderen Tage meine intimsten Wünsche erfüllen wolle, und deshalb ihre sechs Freundinnen gebrieft habe, mir ein wunderbares Blaskonzert zu bescheren. In der Tat waren die ausnahmslos sehr hübschen jungen Frauen alle in äußerst verführerischem Outfit erschienen, das entweder ihren Busen oder die nackte Scham zeigte. Sie hatten sich, abseits von ihren Männern, im Halbkreis vor mir aufgestellt, so dass ich jede Einzelnen von ihnen gebührend bewundern konnte. Der erotische Anblick hatte meinen besten Freund bereits in Habachtstellung gebracht.

Vor allem der Anblick meiner Muse Alexandra hatte mich wieder einmal richtig scharf gemacht. Ihre schimmernde blonde Mähne umspielte ihre nackten Brüste, deren lange Nippel goldene Kreolen zierten. Das bis zum Po reichende, lange Haar fiel ihr immer wieder ins Gesicht, was unheimlich verführerisch auf mich wirkte. Untenherum trug sie lediglich einen vollkommen transparenten Chiffonrock, der vorne und hinten bis zur Taille geschlitzt war. Die nackte Pospalte und die sorgfältig epilierte Scham präsentierten sich dem Betrachter und der Brillant in dem Ring, der durch ihre schon etwas angeschwollene Klitoris gestochen war, funkelte im Sonnenlicht.

Auf einmal tönte sanfte Jazzmusik mit dem Trompeter Chet Baker aus den Lautsprechern. Aha, dachte ich, das ist also das versprochene Blaskonzert. Aber jetzt kam Alexandra auf mich zu, streichelte die deutliche Wölbung unter meiner Hose und begann mich innig zu küssen. Ihre Zunge erkundete meine Lippen, während sie begann, mein Hemd aufzuknöpfen und mich nach und nach auszuziehen. Endlich befreite sie mein Glied aus seinem Gefängnis, das auch sofort freudig ihren Lippen entgegen sprang. Ihre Zunge liebkoste meine Eichel, ihre zarten Lippen massierten den Schaft und ihre schlanken Finger streichelten meine Hoden. Rechtzeitig bevor ich kam, ließ sie von mir ab und gönnte mir eine kurze Verschnaufpause. Danach übernahm ihre beste Freundin Lucy die Aufgabe, mein bestes Stück mit Mund und Händen zu verwöhnen. Währenddessen nippten die übrigen Gäste an ihren Champagnergläsern.

Mit ihrer brünetten Bobfrisur, deren überlanger Pony über der Nase in einer Spitze zulief, hatte mir Lucy schon immer gefallen. Heute trug sie ein hautenges smaragdgrünes Kleid, das den Busen völlig frei ließ, lediglich gestützt von einer eingearbeiteten Büstenhebe. Zudem war es kurz genug, dass man den rasierten Schambereich unter dem präzise getrimmten braunen Landing Strip sehen konnte. Auch sie ging vor mir in die Knie und leckte und saugte meinen Schwanz, bis ich mich vor Lust zu winden begann.

Als nächste kam Claudia an die Reihe, Reine Claude wie wir sie aufgrund ihrer royalen Attitude nannten, mit ihren karottenroten Locken und ihrem Latexoverall, der vorne bis zum Schritt geöffnet war und ihren ebenso roten, sauber getrimmtem Busch offenbarte. Während sie meinen Schwanz geradezu zu inhalieren versuchte, steckte sie zwei Finger in meinen Hintern und massierte meine Prostata, bis ich mich nur noch durch Flucht vor der drohenden Ejakulation retten konnte.

Suzanne war hingegen fast züchtig gekleidet mit ihrer transparenten Spitzenbluse und der hautengen Nappalederhose, die jede Kerbe ihres Unterleibs betonte. Sie beschränkte sich darauf, bei meinem besten Stück Hand anzulegen.

Mit der Kleidung recht wenig Mühe gegeben hatte sich Jenny, die lediglich einen String trug, dessen Fäden zwar ihre Scham umrandeten, sie aber letztlich völlig unbedeckt ließen. Ansonsten war sie nackt bis auf ihre goldenen High Heels. Ihre dunkelblonde Kurzhaarfrisur wirkte sehr verführerisch durch eine überlange Tolle, die ihre linke Gesichtshälfte verdeckte. Doch eigentlich stehe ich ja mehr auf lange Haare. Das Besondere war jedoch ein buschiger Fuchsschwanz, der durch einen Analstöpsel gehalten wurde, und mit dem sie meinen Unterleib von allen Seiten ausgiebig streichelte.

Die junge Inderin Shangrila beeindruckte schon auf den ersten Blick durch ihr knielanges, rabenschwarzes Haar und den filigranen, goldenen Ohrschmuck, der bis zum Nasenflügel reichte. Ihr vollkommen durchsichtiges, weißes Kleid bedeckte lediglich eine Körperhälfte und kontrastierte wunderbar mit ihrer braunen, ölig schimmernden Haut. Die rechte Brust mit dem kleinen, dunklen Vorhof und die enthaarte Scham präsentieren sich nackt. Auch sie kniete sich vor mich hin und liebkoste meine Eichel mit ihrer weichen, aber begierigen Zunge.

Der Anblick ihrer Schwester Yoni machte mich jedoch völlig fertig. Ihr ebenfalls dichtes, blauschwarzes Haar fiel vom Seitenscheitel aus wie ein seidig glänzender Vorhang bis zu den Knien, sofern sie es nicht mit einem eleganten Schwung über ihre rechte Schulter warf. Das Kleid Bestand nur aus einem sehr grobmaschigen

Netz von filigranen, goldenen Ketten, die die straffen Brüste lediglich umrahmten. Die Nippel steckten in engen, goldenen Hülsen, aus denen nur die Spitzen herausschauten, wodurch sie ungewöhnlich lang gedehnt waren. Ganz offensichtlich trug sie einen VagiClip, dessen gewölbte, genoppte Federplatte die Vorderwand der Scheide und den G-Punkt reizte, während zwei goldene Federstäbe den Kitzler von rechts und links stimulierten. Mit einer Hand hielt sie ihr wundervolles Haar zur Seite, als die andere meine Peniswurzel und die Hoden fest umfasste und ihre Lippen sich meines Ständers annahmen, bis ich mich entzog, um meine Lust nicht jetzt schon zu beenden.

Schließlich befasste sich noch die bis auf einen Lendenschurz nackte Linda mit meinem nimmermüden Penis. Sie war bekannt dafür, einen Schwanz in nahezu voller Länge in ihren Rachen aufnehmen zu können, was sie auch bei mir ausgiebig tat, indem ihre Lippen immer wieder meinen Penisschaft massierten. Dabei fiel ihr das lange haselnussbraune Haar ins Gesicht, das gleichzeitig meinen Unterleib sanft streichelte. Nur mit Mühe gelang es mir, meinen Orgasmus zurückzuhalten.

Zum Schluss des ‚Blaskonzerts‘ war es wieder meine wunderbare Alexandra, die ihr in großzügigen Wellen bis zum Po reichendes Haar nach hinten warf, mich innig küsste, sich mit ihren Lippen abwärts bis zu meinem feuchten Schwengel tastete und ihm schließlich einen mit glitzernden Svarovski-Steinen besetzten, goldenen Eichelring überzog, ganz offensichtlich mein Geburtstagsgeschenk. Sie musste irgendwann einmal Maß genommen haben, so eng und stimulierend legte er sich um die Spitze meines Schwanzes. Dann bat sie mich, mich rücklings auf eine Bank zu legen, bestieg mich und begann, mich zum Orgasmus zu reiten. Mein beringter Penis schien ihr dabei höchste Lust zu bereiten. Schließlich kamen wir beide gleichzeitig mit lautstarkem Stöhnen.

Nach dieser doch recht fordernden halben Stunde brauchte ich erstmal ein wenig Entspannung, ich zog mich wieder an und ruhte ein wenig in einem bequemen Ohrensessel in der hintersten Ecke der Bar. Nach einer Viertelstunde holte mich Alexandra und meinte, ich müsse mich wieder um meine Gäste kümmern.

Im herrlichen Sommergarten war für uns 14 Personen ein Gourmet-Buffet erster Güte aufgebaut, das ich nunmehr für eröffnet erklärte mit der Bitte, sich zu stärken für das, was da noch kommen möge. Als Vorspeisen gab es Austern, Garnelen, Hummer, Wildpasteten und viele weitere Delikatessen, die einem das Wasser. Im Munde zusammenlaufen ließen.

Die Gäste unterhielten sich anregend an den drei Tischen, wobei das mehr oder weniger vorhandene Outfit der Damen für eine intensive erotische Spannung sorgte. Insofern waren auch alle Damen gerne bereit, Alexandras Anweisung zu folgen, sich mit entblößtem Unterleib über die Tische zu beugen. Zum Erstaunen der Herren trugen alle Damen Analplugs mit großen rubinroten Kristallen, die in der Sonne wie Stopplichter um die Wette funkelten. Die sichtlich angeregten Herren sollten nun mit geöffneten Hosenschlitzen hinter ihre Partnerinnen treten und ihre erigierten Schwänze in die dargebotenen Scheiden versenken. Nach und nach kamen alle Beteiligten zum lautstarken Höhepunkt. Da sprach es nur für die erstklassige Servicequalität, dass das Personal überall mit Kleenex-Tüchern bereitstand.

Es wurde Zeit für die Hauptgerichte vom Grill und aus dem Smoker: zarte Tagliata vom Weiderind mit Parmesanschnitzen auf Rucola, orientalisch gewürztes Lamm mit Taboulé, Barbarie-Entenbrust mit Pflaumensauce und Romanesco. Alles vom Allerfeinsten.

Darauf folgte der klassische Geburtstagsfick, so wie jedes Jahr. Alexandra legte sich nackt auf einen Tisch, als wäre es eine Art Altar, so dass ihr blondes Haar wie ein Vorhang bis auf den Boden fiel. Mit gespreizten Schenkeln öffnete sie ihr Geschlecht für mich und ich konnte stehend meinen wiederauferstandenen, beringten Penis in ihr versenken. Wie ich unschwer hören konnte, bereitete ihr mein neuer strassbesetzter Eichelring ganz besonderes Vergnügen. Als wir beide gleichzeitig zum Orgasmus kamen und unsere Lust hinausschrien, applaudierten unsere Gäste, die einen Kreis um uns gebildet hatten.

Jetzt wurde es Zeit für die Orgie. Sichtlich aufgeheizt stürzten sich unsere aufgegeilten Freunde geradezu aufeinander, ohne auf ihre Paarbeziehungen Rücksicht zu nehmen. Zu zweit oder zu dritt wurde geleckt, gesaugt, gestreichelt, massiert, von vorne und hinten penetriert, was das Zeug hielt. Lucy zum Beispiel ließ sich von zwei Männern zugleich vögeln, einer vaginal, einer anal, während sie einen weiteren oral befriedigte. Sie genoss es sichtlich, drei Penisse in ihrem Körper zu fühlen. Reine Claude nutzte die Gelegenheit, um gleichzeitig zwei von Lucys Lovern mit rohen Möhren aus der Buffetdekoration anal zu befriedigen.

Und so zog sich meine Geburtstagsfeier noch bis weit nach Mitternacht hin.

Nude Workout

Eines Morgens beim Kaffeetrinken nach unserem täglichen Morgenfick meinte meine wunderbare Muse und Freundin Alexandra, wir sollten uns doch einmal das neueröffnete Fitness-Studio „Nude Workout" ansehen, das vor drei Wochen am Rande des neuen Gewerbegebietes aufgemacht hat. Bereits der Name hatte sie neugierig gemacht.

Gesagt, getan. Eine schicke Fassade aus Glas und Stahl erwartete uns. Ein Hüne in weißer Uniform mit aufgesticktem Schriftzug ‚Security" hieß uns in den Loungesesseln in schwarzem Leder und Chrom Platz zu nehmen. Nach kurzer Wartezeit begrüßte uns Sandra, eine langhaarige Blondine in einem transparenten, schwarzen Bodystocking, der jedes Detail ihres schlanken Körpers zeigte und erläuterte uns das Konzept des Studios.

„Nude Workout" wolle körperbewussten, freizügigen Menschen die Möglichkeit bieten, Muskeltraining und sexuellen Genuss miteinander zu verbinden. Das setze natürlich die Bereitschaft voraus, sich auf intensive Körperkontakte mit Anderen einzulassen. Trainiert würde hauptsächlich an Geräten, auch Spezialanfertigungen, die es nirgendwo sonst gäbe.

Hinter dem Eingangsbereich sei keine Kleidung erlaubt, auch keine Strings. Aus Hygienegründen sei der Zutritt nur mit rasiertem Schambereich gestattet, was für Alexandra und mich ja ohnehin normal ist. Das gelte für Gäste und Personal gleichermaßen. Sandra selber wäre auch nur bei der Begrüßung der Gäste im Rezeptionsbereich bekleidet, und auch das nur recht notdürftig, wie wir ja sehen könnten.

Im Übrigen sei den Anweisungen der Trainer und Trainerinnen unbedingt Folge zu leisten. Anderenfalls bekäme der Gast nach der dritten Verwarnung automatisch Hausverbot. Neue Mitglieder müssten sich zunächst einer ärztlichen Untersuchung unterziehen sowie einen Fragebogen ausfüllen. Damit wolle man sichergehen, dass die Gäste einander nicht infizierten.

Entsprechend seiner persönlichen Einstellung bekäme jeder Gast ein farbiges Armbändchen. Rot bedeute: „Ich bin neu und möchte mich erst einmal unbehelligt orientieren", gelb: „Ich bin zu sexuellen Kontakten bereit, aber frage bitte vorher!" und grün signalisiere: „Ich bin zu allem bereit. Mach mit mir, was du möchtest!". Das Personal würde grundsätzlich grüne Bänder tragen. Den Chef könne man übrigens an seinem vergoldeten Gemächt erkennen. Und die Chefin trüge golden geschminkte Augenlieder, Lippen, Nägel, Brustwarzen und Kitzler. Ach ja, erlaubt sei grundsätzlich alles, womit der Andere einverstanden sei und was ihn nicht verletze.

Wenn uns das Konzept Zusage, würde Sandra uns auf einem kurzen Rundgang zeigen, was uns im Studio erwartet. Selbstverständlich müssten wir uns dafür schon einmal komplett ausziehen.

Der Anblick meiner nackten Freundin Alexandra brachte mein bestes Stück gleich wieder in Habachtstellung und das obwohl wir gerade erst vor zwei Stunden hammermäßig miteinander gevögelt hatten. Sie war auch zu erotisch anzusehen mit ihrer po-langen blonden Mähne, dem nahtlos gebräunten straffen Busen und dem makellos enthaarten Venushügel. Übrigens erntete auch meine prächtige Erektion einen bewundernden Blick unserer Führerin Sandra, die den Eindruck machte, als ob sie mich am liebsten sofort vernaschen würde.

Der Rundgang begann bei den Geräten, die zum Aufwärmen und das Konditionstraining vorgesehen waren. Die Fahrräder wurden eher von Damen frequentiert. Sandra erklärte, dass dies an den Fahrradsätteln läge, die über einen lustspendenden Dildo verfügten. Über den Dildo zöge frau eines der bereitliegenden Kondome, nehme vielleicht noch etwas Gleitgel aus dem Spender und lasse ihn in ihre Vagina gleiten. Die Größe des Dildos ließe sich mittels einer kleinen Ballpumpe individuell anpassen. Alexandra solle das doch gleich einmal ausprobieren, es sei ein herrliches Gefühl, wenn man in den Pedalen stehe und bei jedem Auf und Ab gefickt werde. Das könne die Dauer des Konditionstrainings schon mal drastisch verkürzen, grinste sie.

Geschickterweise waren die Laufbänder für die Herren so dahinter positioniert, dass sie die Damen bei ihren erregenden Übungen bestens im Blick hatten, was erwartungsgemäß selten ohne Folgen blieb. Die meisten Herren auf dem Laufband trugen einen elastischen Gurt um Unterleib und Erektion, der das Lustgefühl durch einen im Gurt integrierten Vibrator noch unterstützte.

Nächste Station war eine Hantelbank, auf der ein gut ausgestatteter Mann sehr ansehnliche Gewichte stemmte. Der Sicherheit dienten Stahlbügel, die verhindern sollten, dass eine Hantel ihn erdrücken könnte. Eine dunkelhaarige Schönheit befasste sich derweil mit seinem Penis, der im Rhythmus der Gewichte zwischen ihren Lippen ein- und austauchte.

An einem anderen Gerät trainierte eine muskulöse Brünette, deren Haar bis zur Taille reichte. Mit den Händen hielt sie sich am Rahmen fest, während ihr Gesäß sich wieder und wieder auf einen künstlichen Penis niederließ, als würde sie von ihm gefickt. Nach ihrem glückseligen Gesichtsausdruck zu urteilen, musste sie bereits einige Zeit mit dieser Übung zugebracht haben.

In einem anderen Trainingsgerät wurde die Sportlerin von einem fest verankerten, vibrierenden Dildo penetriert, während eine Art mit mehreren weichen Zungen bestücktes Mühlrad ihr Lustzentrum bis zur Bewusstlosigkeit leckte.

Ein Gast mit sportlich durchtrainierter Figur war mit gespreizten Armen und Beinen auf einem an der Wand befestigten Rad festgeschnallt, was ein wenig an die Zeichnung von Leonardo da Vinci erinnerte. Während sich das Rad langsam drehte, rotierte sein steifes Glied im Mund einer dunkelhäutigen Frau, die ihrerseits von einem Mann im selben Rhythmus von hinten gefickt wurde.

An der nächsten Station saß eine muskulöse Schönheit wehrlos eingespannt in einer Maschine, die ihre Schenkelmuskulatur trainierte. Immer, wenn sie die Beine weit spreizte, stieß der Trainer seinen harten Penis in ihre weit geöffnete Spalte.

Wir kamen zu einem Rudergerät, das wir unbedingt einmal ausprobieren sollten. Sandra wies mich an, mich mit dem Rücken auf das körpergerecht geformte Polster zu legen. Alexandra nahm die Position des Ruderers ein, indem sie sich auf meinen Schoß setzte und mein Glied in sich hineingleiten ließ. Unsere Trainerin stellt die Griffe des Geräts so ein, dass Alexandras Unterleib bei jeder Ruderbewegung erneut auf meinen Schwanz gedrückt wurde. Mit immer schneller werdenden Stößen dauerte es nicht lange, bis wir beide kurz vor dem Höhepunkt gestoppt wurden mit dem Hinweis, dass wir ja noch andere Stationen ausprobieren müssten.

An einer Sprossenwand hatte sich eine Frau mit Bodybuilderfigur mit den Beinen eingehängt, so dass sie mit dem Kopf nach unten hing und ihr langes Haar fast den Boden berührte. Ihr Mund befand sich in der richtigen Höhe, um das Glied eines ebenso muskulösen Mannes mit schnellen Bewegungen zu befriedigen. Er wiederum ließ seine Zunge auf ihrem Geschlecht tanzen. Ganz offensichtlich gefiel ihr diese ungewöhnliche Position.

Wir kamen zu einem knapp hüfthohen, gepolsterten Kasten, an dem eine fernöstliche Schönheit mit dem Namen Sashimi auf uns zu warten schien, mit kleinen, festen Brüsten und seidig glänzendem Haar, das wie ein Vorhang bis zu ihren Knien fiel. Sie forderte Alexandra auf, sich mit angezogenen Beinen auf den Kasten zu legen. Dann legte sie sich, Busen auf Busen, auf meine Freundin und begann, ihre Zunge in ihrem Mund zu versenken. Ihr bodenlanges schwarzes Haar mischte sich mit Alexandras blonder Mähne, was meinen Schwanz sofort wieder in Alarmzustand versetzte. Beide Scheiden lagen in idealer Höhe übereinander direkt vor mir, meine Eichel erwartungsvoll bereit, abwechselnd in die beiden perfekt enthaarten Mösen einzudringen und beide Frauen praktisch gleichzeitig bis zum lautstarken Orgasmus zu vögeln. Und so geschah es auch. Allerdings achtete ich darauf, dass zunächst Sashimi zum Höhepunkt kam, bevor ich meinen Samen in Alexandra vergoss.

Erschöpft von unseren sexuellen Aktivitäten konnten wir vorerst nur noch den übrigen Gästen des Studios zuschauen. An der nächsten Station waren zwei athletische Herren auf einem lederbezogenen Bock damit beschäftigt, eine recht üppige Rothaarige von vorne und hinten zu beglücken. Beide Glieder bewegten sich im selben Rhythmus aufeinander zu, sodass zu vermuten war, dass sie die dünne Wand zwischen Vagina und Anus aus beiden Richtungen mit Inbrunst bearbeiteten. Die Körper der Drei glänzten bereits schweißnass und die roten Locken begannen, sich auf Hals und Rücken vor Feuchtigkeit zu ringeln. Das Trio schien aber dennoch nicht so leicht zum Ziel zu gelangen.

Auf einem weiteren Gerät war ein ölig glänzender, weiblicher Körper, dem man das jahrelange Training deutlich ansah, damit beschäftigt, eine Stange mit riesigen Gewichten in zwei Führungsschienen vertikal nach oben zu drücken. Sie hatte die Beine angezogen, um einem ebenso durchtrainierten männlichen Körper zu ermöglichen, jedes Mal, wenn das Gewicht unten war, seinen Penis in die bereitwillig geöffnete Vagina zu rammen. Es glich einem Tanz in einem gleichmäßigen Rhythmus – Arme unten und Penetration, Arme nach oben und Rückzug.

Die nächste Station schien eine Art Fickmaschine zu sein. Eine Frau kniete in Hündchenstellung. Ihre Arm- und Fußgelenke waren mit Stahlbügeln fixiert. Ein künstlicher Penis drang, von einem nahezu lautlosen Elektromotor angetrieben, wieder und wieder von hinten in die dargebotene Scheide ein. Die Frau war der Maschine hilflos ausgeliefert, die auch dann gnadenlos weitermachte, als sie bereits zum Orgasmus gekommen war. Nach 20 Minuten würden sich die Fesseln automatisch lösen, erklärte unsere Führerin Sandra, außerdem sei die Maschine auch auf anale Penetration einstellbar, für Frauen wie für Männer.

Der Triplefucker hier sei ganz neu, erklärte Sandra das nächste Gerät, auf dem eine dunkelhäutige Schönheit mit verzücktem Gesichtsausdruck trainierte. Das Gerät verfüge über zwei künstliche Penisse unterschiedlicher Größe, die von einem Kolben bewegt gleichzeitig Anus und Vagina fickten, während ein vibrierender Finger die Klitoris massierte. Das sei das ultimative Erlebnis, meinte Sandra. Das Teil könne einen vor Lust schon fast in den Wahnsinn treiben.

Auf einer ganz konventionellen Matte sahen wir nun Chef und Chefin in Aktion. In 69er-Position kniete er über ihr und versenkte seinen goldenen Schwanz immer wieder tief in ihrem Schlund, während seine Zunge mit ihrem vergoldeten Kitzler spielte. Wie sie selber am eigenen Leib erfahren habe, sei er ein begnadeter und sehr ausdauernder Stecher, sagte Sandra, und sie könne sogar große Schwänze schlucken, wie auch immer sie das mache. Vermutlich sei sie durch Selbsthypnose in der Lage, den Würgereiz zu unterdrücken.

Nun kamen wir zum letzten Gerät auf unserer Besichtigungsrunde, einem gepolsterten Tisch, auf dem ein Mann auf dem Bauch lag. Sein durch ein Loch im Tisch ragendes Glied wurde von einer Art Melkmaschine quasi gemolken, als wäre es eine Zitze. Immer wieder durchlief ein Zucken den Körper und ein lustvolles Stöhnen entrang sich seiner Kehle. Das Besondere, erklärte Sandra, sei, dass das Melken sehr sanft, aber auch sehr lang andauernd erfolge. Nach einer Ejakulation schalte das Gerät automatisch ab.

So, nun hätten wir einen Überblick über das „Nude Workout Studio" bekommen. Ob uns das gebotene denn gefallen habe, fragte unsere Führerin. Alexandra und ich schauten uns kurz in die Augen, um dann zu antworten, dass wir ganz bestimmt wiederkämen.

Kofferpacken

Die schönste Frau der Welt ist meine Freundin und Muse Alexandra, jedenfalls für mich. Mit ihrem langen, blonden, seidig glänzenden Haar, das ihr bis zum Po reicht, ist sie wirklich eine Augenweide. Als wir uns vor ein paar Jahren kennenlernten, trug sie ihr Haar voller Stolz bis fast zu den Knien, aber das war im Alltag nun doch zu unpraktisch, zumal sie ihre Mähne, so oft es geht, offen trägt. Nun achtet sie darauf, dass die Haare gerade so lang sind, sie sich nicht darauf setzen kann. Das vermeidet auch Spliss und Schmutz. Alexandra bezeichnet das als Kitzlerlänge, da sie im Sitzen mit den Haarspitzen ihre Klitoris streicheln kann, man könnte auch bürsten sagen.

Alexandras schlanker Körper ist stets nahtlos gebräunt. Ihre straffen Brüste zieren ausgeprägt lange Nippel inmitten kleiner, dunkler Vorhöfe. Unterhalb der schmalen Taille und des flachen Bauchs offenbart sich eine immer sorgfältig enthaarte Scham. Den zwischen den Schamlippen deutlich hervorragenden Kitzler schmückt ein kleiner goldener Ring mit einem recht großen Brillanten, der die empfindlichste Stelle stimuliert. Er war mein Geschenk zum 28. Geburtstag. Übrigens zieren ihre Brustwarzen meistens kleine Brillantringe, die ganz eng die Nippel umfassen und durch einen gepiercten Steg gegen Verlust geschützt sind. Diamonds are a girl's best friends. Und manchmal kommt auch ein Butt Plug mit einem funkelnden, geschliffenen Kristall zum Einsatz, bei der Größe natürlich ohne echten Brillanten.

Wenn Alexandra ihren Koffer packt, weil wir in sonnige Gefilde verreisen wollen, sehe ich ihr nur zu gerne zu. Wie meistens zuhause läuft sie nackt herum, ihr Haar fällt ihr ins Gesicht und über den Busen. Und beugt sie sich nach vorne, streckt sich mir ihr Hinterteil entgegen, so dass ich mich kaum beherrschen kann, sie nicht gleich von hinten zu nehmen. Mein Schwanz ist bei dem Schauspiel ohnehin die ganze Zeit in Habachtstellung. Und oft drängt sie sich mir dann entgegen, öffnet mit ihren schlanken Fingern ihre Grotte und lässt mich in sie eindringen, um mit mir bis zur Erschöpfung zu vögeln. Sowas hält natürlich immer auf beim Kofferpacken.

Aufgrund ihrer ausgeprägt exhibitionistischen Ader nimmt sie fast nur Kleidung mit, die viel von ihrem wunderbaren Körper zeigt, insbesondere von den intimen Bereichen. Da sie so gut wie nie Unterwäsche trägt, kommen hier nur drei Teile mit: Ein weißer, pofreier Micro-String, der mit Mühe gerade einmal den Kitzler verdeckt, für die Situationen, in denen sie sich nicht ganz unten ohne zeigen kann oder besser gesagt darf. Ein neongrüner Beach-String, dessen Fäden lediglich den Schambereich umrahmen und ein Bracli-String. Dieser besteht aus drei Perlenketten, die von einem schmalen Spitzengürtel abgehen und zwischen den Pobacken sowie rechts und links der Klitoris verlaufen. Diese wird bei jedem Schritt von den Perlen massiert und entfacht derartig lustvolle Empfindungen, dass es Alexandra oft nur mit großer Mühe möglich ist, ihre Selbstbeherrschung zu behalten und sich nicht in aller Öffentlichkeit vor Erregung zu winden und zu stöhnen, was sich die Umstehenden dann natürlich nicht erklären könnten. Ergänzt wird dieses Trio infernale noch durch einen völlig transparenten und pofreien, schwarzen Einteiler mit offenem Schritt, der die Scham in all ihren Details zeigt und zugänglich macht. Den trägt sie immer dann, wenn das Hotel am Pool Badekleidung verlangt. Damit erfüllt sie zumindest formal die Anforderung.

Gerade im Sommer liebt es Alexandra auch im öffentlichen Alltag in Kleidungsstücken herumzulaufen, die bei entsprechenden Bewegungen die Brillanten an Busen und Klitoris blitzen lassen. Es wandern also in den Koffer: ein Ultraminirock, der Pobacken und Schamlippen nur unzureichend bedeckt (jemand hat die zwanzig Zentimeter mal als Pomanschette bezeichnet), sowie eine die Hinterbacken kaum verhüllende Hot Pants mit bis hinten durchgehendem Reißverschluss. Der hat den Vorteil, dass sie ihn soweit aufzippen kann, wie sie gerade möchte, um die glattrasierte Scham nur erahnen zu lassen, vielleicht auch mal direkt den Kitzler zu zeigen oder gar ihre gesamte Scham vollständig zu entblößen, um sich, im Café sitzend und von den Sonnenstrahlen angeregt, selbst zum Höhepunkt zu streicheln. Letzteres bringt auch mich immer in Wallungen. Manchmal öffnet Alexandra dann meinen Hosenschlitz und erlöst meinen kleinen Freund mit zarten Lippen und sanfter Zunge. Es ist kaum zu übersehen, wenn ich in ihrem Mund gekommen bin. Unbedarfte Gemüter fragen sich dann, wo denn wohl mein Sperma geblieben ist. Die übrigen Gäste reagieren darauf mit Empörung oder mit Neugier. Manchmal lässt sich ein anderes Pärchen auch dazu verleiten, es uns nachzutun.

Da sie sich leider nicht überall oben ohne zeigen kann, kommt Alexandra ohne ein paar sexy Tops nicht aus. Eines hat riesige Armausschnitte, so dass die scheinbar schwerelosen Brüste von der Seite komplett zu sehen sind, einschließlich der beringten und meist steifen Brustwarzen – ein wirklich sehr anregender Anblick, wenn wir so gemeinsam über den Markt schlendern oder entlang den Cafés an der Seepromenade. Bei einem andren Hemd enden die Spaghettiträger so knapp über den Brustwarzen, dass die Brüste nur selten vom Stoff bedeckt sind, wenn sie im freien Spiel der Kräfte schwingen. Das geht natürlich nicht immer, weshalb auch ein knappes Top zum Einsatz kommt, das nur die untere Hälfte des perfekt geformten Busens unbedeckt lässt aber in der Bewegung schon gerne mal die Nippel freigibt.

Selbstverständlich kommen auch die durchsichtigen Blusen in schwarz oder weiß oder dunkelblauer Spitze, die kein Detail verbergen, in den Koffer. Die lassen sich auch sehr schön offen tragen, so dass der Busen ganz unbedeckt bleibt, oder einfach nur auf den beiden untersten Knöpfen geschlossen. Und mehrere völlig transparente Bandeaus in verschiedenen Farben, die sich wie eine zweite Haut an den Busen schmiegen, und sowohl solo getragen als auch unter einem offenen Blazer ungemein erotisch wirken. Eigentlich wie nackt, nur eben in Farbe.

Selbstverständlich gehören auch eine Blue Jeans und eine hautenge schwarze Nappalederhose ins Reisegepäck, beide allerdings mit der Besonderheit eines durchgehend bis über den Po öffnenden Reißverschlusses. Insofern kann Alexandra auch hier immer so viel zeigen, wie sie gerade möchte. Für den Abend packt sie auch eine schwarze und eine weiße Hose aus vollkommen durchsichtigem Chiffon ein, die im Schritt bis zur Taille geschlitzt sind, so dass Scham und Pofalte unbedeckt bleiben. Das ist absolut genial für den schnellen Fick zwischendurch. Besonders scharf sieht sie übrigens auch mit einem buschigen Fuchsschwanz aus, der von einem langen Stöpsel im Hintern gehalten wird. Dieser Anblick macht mich immer völlig fertig.

Ebenfalls eingepackt wird noch ein sehr knapp geschnittener Blazer, der vorne mit einem Kettchen geschlossen wird, falls er nicht ohnehin offen getragen wird, damit man die herrlichen Brüste bewundern kann. Demselben Zweck dient auch ein schwarzer, paillettenbesetzter Bolero, der den Busen kaum bedeckt.

Aber auch Alexandras Kleider, die mit auf die Reise kommen, haben es in sich. Zum Beispiel die sogenannten Fickkleider, die so kurz sind, dass sie den unteren Teil des Pos und die Scham sehen lassen. Sie heißen so, da der Anblick den Wunsch auslöst, die Trägerin augenblicklich zu ficken. Es gibt aber auch andere interessante Kleider. Eines von Alexandras Lieblingskleidern, bedeckt nur die eine Körperhälfte, die andere bleibt völlig unbedeckt und zeigt neben einer nackten Brust somit auch Schamlippen und Kitzler sehr schön. Ein wenig dezenter ist das halbdurchsichtige Kleid, das im Grunde nur aus einer knielangen Stoffbahn mit einem Loch für den Kopf besteht. Es ist so schmal geschnitten, dass es selten beide Brüste vollständig verdeckt. In der Bewegung schaut meistens eine der Brustwarzen seitlich hervor. Ein anderes Kleid besteht aus weich fließendem Stoff mit extrem tiefen Ausschnitten vorne und hinten, die Blicke auf Geschlecht und Hintern gewähren. Lediglich zarte Bänder halten die beiden Hälften zusammen. Haben sie sich gelöst, rutscht das Kleid auch gerne einmal auf der Seite von der Schulter und legt auch gleich den Busen frei, was beispielsweise im Restaurant sehr schön kommt. Ein absoluter Hingucker ist auch das schwarze Kleid, das nur auf der rechten Seite einen langen Ärmel hat, auf der anderen Seite aber Schulter und brillantgeschmückten Busen entblößt. Der schräge Schnitt sorgt dafür, dass der untere Saum über dem Venushügel verläuft und damit auch den kleinen Brillanten am Kitzler blitzen lässt. Wenn nun auch noch das Haar vom Seitenscheitel mit einem eleganten Schwung ganz verführerisch über das rechte Auge fällt, bringt das mein bestes Stück schon fast von alleine zur Ejakulation – na ja ein bisschen Zuwendung wäre schon noch schön.

Bei diesem Reisegepäck hat Alexandra es bestimmt darauf angelegt, wenigstens sechsmal am Tag zu vögeln. Das wird sicherlich ein äußerst erotischer, aber kein erholsamer Urlaub.

Nude Yoga

Die Anzeige im Hochglanz-Lifestylemagazin klang vielversprechend: ‚In unserem Wellness-Resort der besonderen Art genießen Sie entspannte Tage in paradiesischer Atmosphäre. Köstlichkeiten für Leib und Seele, zärtliche Momente und lustvolle Stunden werden Sie in unserem Resort erleben'. Also habe ich die Reise in die südindische Provinz Kerala kurzerhand für meine Muse und mich gebucht und mich schon seit Wochen auf dieses ganz besondere Erlebnis gefreut.

Schon bei der Ankunft im Resort erwartete uns an der Rezeption eine unglaublich schöne junge Frau, deren seidiges, schwarzes Haar über den Rücken bis zu den Kniekehlen reichte. Der Teint ihrer Haut ließ auf indische Vorfahren schließen. Sie war vollkommen nackt, abgesehen von ein paar filigranen, goldenen Kettchen, die mehrere Stellen ihres Körpers schmückten: vom Ohrläppchen zum Nasenflügel, von Nippel zu Nippel, vom Bauchnabel zu den Schamlippen.

In unserer Hotelsuite fanden wir bereits die passende Kleidung vor, alles in Weiß. Jeweils ein fast völlig durchsichtiges, langes Gewand aus feinstem Baumwollbatist sowie einen zweiteiligen Anzug, ähnlich einem Judo-Anzug aber mit offenem Schritt geschnitten, der ebenfalls kein Detail des darin steckenden Körpers im Verborgenen ließ. Im Vorraum zum Badezimmer befand sich eine alte balinesische Massageliege aus dunklem, poliertem Holz mit umlaufenden Rinnen zum Auffangen des warmen Massageöls, was die Phantasie bereits anregte.

Sechs Paare hatten sich zu diesem speziellen Yoga-Kurs angemeldet, der in einem ganz aus poliertem indonesischem Mahagoni-Holz bestehenden Raum des traditionellen Holzgebäudes stattfinden sollte. Flache Matten in der Größe eines Doppelbettes wurden umrahmt von einer Vielzahl Kerzen, die einen ganz eigentümlichen, exotischen Duft verbreiteten.

Der Yoga-Lehrer begrüßte uns zunächst noch bekleidet, allerdings mit einem ebensolchen transparenten Baumwollanzug, wie wir ihn auf unserem Zimmer vorgefunden hatten. Ihm zur Seite seine Partnerin Devi, die nichts außer ihrer dicken, schwarzen Haarmähne trug, die ihr bis zu den Oberschenkeln reichte. Ihre wunderschöne, braune Haut trübte ansonsten kein einziges Härchen, so wie wir es auch noch bei Yogi sehen würden. Statt Bekleidung trug sie zueinander passende, nur in der Größe unterschiedliche goldene Ringe in Ohren, Nippeln und Kitzler.

Ganz offenbar hatten sich die Beiden schon etwas aufgewärmt, denn Yogis stattlicher, brauner Penis ragte uns bereits unternehmungslustig aus dem Schlitz seiner leichten Hose entgegen, geschmückt mit zwei dicken, goldenen Ringen um die Eichel und an der Wurzel um Hoden und Glied.

Yogi begrüßte uns nach altem indischem Ritual, faltete die Hände zu einem Dach vor seiner Brust und sprach oder vielmehr sang eine Litanei aus uns unbekannten, exotisch klingenden Worten. Devi tat es ihm nach und auch uns bedeutete er, zumindest die Bewegungen nachzumachen. Er erklärte uns, dass er mit seiner Partnerin einige Yoga-Übungen aus dem Kamasutra zeigen würde, die wir Gäste anschließend nachmachen könnten. Dazu sei es notwendig, sich vollständig zu entkleiden. Und es sei hilfreich, die Penisse der Männer zuvor in einen einsatzbereiten Zustand zu versetzen. Meine Muse würde das mit Leichtigkeit hinbekommen, sei es mit Mund oder

Händen. Außerdem sollten wir reichlich Gebrauch von dem duftenden Massageöl machen, das in kleinen Schälchen überall bereitstand. Ganz wichtig sei es, dass wir uns keinesfalls in einen Orgasmus hineinsteigern dürften, denn dann könnten wir bei den folgenden Übungen nicht mehr mitmachen. Wir müssten also immer rechtzeitig vor der Ejakulation abbrechen.

Yogi und Devi zeigten uns nun die Grundposition: sie sitzt frontal auf seinem Schoß und umarmt ihn. Sein Penis dringt in ihre Scheide ein. Beide bewegen sich langsam zu den sanften indischen Klängen, die mittlerweile den Raum erfüllten.

Die nächste Übung war schon deutlich anspruchsvoller: Sie im Kopfstand auf einem hohen, festen Kissen, hat seine Eichel zwischen den Lippen, die sie mit der Zunge massiert. Er kniet vor ihr, leckt ihre Klitoris und penetriert mit dem Zeigefinger ihren Anus und massiert mit dem Daumen ihren G-Punkt.

Nacheinander zeigten uns die Beiden die weiteren Übungen. Sie liegt auf dem Rücken, Beine hinter ihrem Kopf, und zieht ihre Schamlippen auseinander. Er dringt mit langsamen Bewegungen in sie ein. Offenbar zeigen die Penisringe ihre stimulierende Wirkung, denn Devi entringt sich ein lustvolles Stöhnen.

Sie kniet vor ihm in der Hündchenstellung. Wie ein Fächer hat sich das lange, schwarze Haar um sie herum ausgebreitet. Er fickt sie in den Hintern.

Sie macht Handstand, kippt den Unterleib nach hinten über, stützt die Füße an der Wand hinter ihm ab. Er penetriert sie mit seinem dicken, braunen Penis und fickt sie eine Weile mit langsamen Bewegungen.

Sie liegt rücklings auf dem Tisch. Ihre langen Haare fallen bis auf den Boden. Er vögelt sie stehend bis zur Erschöpfung, unterbricht aber immer wieder, um das Erreichen des Höhepunkts zu verhindern.

Er macht die Brücke. Sie hängt kopfunter mit den Füßen von einem sich drehenden Seil herab und saugt an seiner Erektion, wobei sich der Penis in ihrem Mund quasi um die eigene Achse dreht.

Er liegt auf dem Rücken. Sie macht über ihm die Brücke und massiert mit den Lippen rücklings seinen Schwanz.

Beide machen einander zugewandt Handstand. Sein Penis dringt in ihre Vagina ein. Sie finden einen ruhigen Rhythmus und genießen einfach die innige Vereinigung ihrer Körper.

Er liegt auf dem Rücken mit dem Schwanz in ihrem Hintern. Sie reitet ihn immer schneller werdend.

Sie steht auf einem Bein, streckt das andere in die Höhe. Er hält ihre Fessel hoch und penetriert sie zwischen den gespreizten Schenkeln.

Beide Unterleiber sind in einer Scherenstellung ineinander verschränkt. Sein Penis steckt in ihrer Vagina.

Sie befriedigen sich gegenseitig in der 69er Position. Er liegt auf dem Rücken und stimuliert ihre Klitoris mit seiner Zunge. Sie kniet über ihm und lutscht hingebungsvoll seinen Penis.

Sie kniet vor ihm, er fickt sie hart bis in die Kehle, sie steckt dabei zwei Finger in seinen Anus und stimuliert seine Prostata.

Er penetriert sie anal, fickt ihre Vagina mit dem linken Daumen und massiert mit der rechten Hand ihren Kitzler.

Nach 15 verschiedenen Stellungen ist die Vorführung zunächst beendet. Yogi erklärt uns, dass Devi und er uns in den kommenden zwei Wochen alle Übungen beibringen würden. Dabei sei es sinnvoll, dass er selber oder seine Assistentin jede Stellung einmal mit jedem Einzelnen von uns durchführen würde. Erst danach sollten wir dann paarweise üben.

Zur Entspannung wurden wir nun in einen Raum mit zwei Massagetischen aus dunklem Mahagoniholz geführt. Duftlampen und tantrische Klänge verbreiteten eine exotische Atmosphäre. Eine nackte Masseurin und ein ebenfalls nackter Masseur bedeuteten uns, uns rücklings auf die Tische zu legen. Die Masseurin beugte sich über mich, so dass ihr blauschwarzes Haar meine Lenden streichelte, faltete ihre Hände zum Gruß und stellte sich mit dem Namen Ioni vor, was so viel heißt wie Vagina.

Alexandra wurde auf die gleiche Weise begrüßt von Lingam, was Penis bedeutet. Ganz offensichtlich hatte der nackte Körper meiner Muse bei ihm bereits seine erregende Wirkung entfaltet, denn er machte seinem Namen alle Ehre. Auch mein Lingam hatte schon begonnen, auf die unbekleidete indische Schönheit mit dem sorgfältig getrimmten Landing Strip über den rasierten Schamlippen zu reagieren. Beide Masseure fingen an, uns vollkommen synchron mit reichlich warmem Öl zu massieren, beginnend mit dem linken Fuß. Mit sanftem Druck arbeiteten sich die Hände an der linken Körperseite bis zur linken Schulter und weiter bis zu den Fingerspitzen vor, ohne auch nur eine Stelle auszulassen.

Bevor es auf die gleiche Weise mit der rechten Seite weiterging, widmeten sich unsere Betreuer erst einmal der Körpermitte. Geschickte Finger glitten an meinem Schwanz auf und ab, drangen in meinen Anus, stimulierten die Prostata, bis ich mich vor Lust wand. Gerade noch rechtzeitig vor dem Höhepunkt, brachen sie die Behandlung ab. Ganz ähnlich erging es Alexandra, deren Schamlippen, Kitzler und G-Punkt von den kundigen Fingern des Masseurs fast bis zum Orgasmus gereizt wurden, bevor auch er ihr eine Ruhepause gönnte. Zur Entspannung gab es nun eine Kopfmassage vom Nacken über die Kopfhaut bis zu den Schläfen und Lippen. Dann ging es mit der rechten Körperhälfte weiter.

Wieder in der Körpermitte angekommen, begann nun das Finale. Ioni kletterte nun auf den Massagetisch, hockte sich über mich, so dass ihr langes Haar sanft meinen Oberkörper und mein Gesicht streichelte, nahm meinen Penis in ihrer feuchten Vagina auf und ritt mich mit zunehmendem Tempo bis zum lautstarken Orgasmus. Parallel dazu hatte Lingam ein hohes Kissen unter Alexandras Po geschoben, war mit seinem kräftigen, braunen Glied in ihre Scheide eingedrungen und vögelte sie mit aller Kraft, bis sie zitternd mit einem Schrei zum ersehnten Höhepunkt kam. Mit einer Verbeugung verließen uns die Beiden, bevor wir vor Erschöpfung einschliefen.

Dieses Programm sollte sich nun täglich wiederholen, so dass wir fast jeden Abend nach einem herrlichen Dinner in äußerst erotischer Atmosphäre ausgepowert aber hoch befriedigt und glücklich in den Schlaf fielen. Um den Anforderungen des Tages nachkommen zu können brauchte ich natürlich jeden Morgen ein anständiges Frühstück mit vielen Vitaminen und jeder Menge Proteinen.

Beach Hotel

Das luxuriöse Boutique-Hotel L'Oasis auf der kleinen Karibikinsel Moustique ist dafür bekannt, dass seine Gäste sich hier völlig ungezwungen bewegen können, fern von Paparazzi und spießigen Miturlaubern. Die überschaubare Größe von nur 15 Zimmern gewährleistet eine gewisse Intimität. Für Exklusivität sorgen schon die extrem hohen Preise, die in erster Linie Voyeure und Möchtegernepromis abschrecken sollen. Und so bleiben die Schönen und die Reichen unter sich und genießen die Freiheit, ihren Hedonismus hier ungehemmt ausleben zu können.

So kann man beim Dinner in Begleitung wohlhabender Männer die schönsten Frauen in äußerst aufreizender Kleidung oder nahezu unbekleidet bewundern. Das Restaurant ‚La Langouste' ist übrigens für seine hervorragende Küche karibikweit bekannt. Küchenchef Pierre Amusegueule lädt auch gerne befreundete Sterneköche ein, die Hotelgäste als Gastkoch zu verwöhnen.

Besonders ausgelassen ist das Treiben am Strand vor dem Beach-Restaurant, wo flache Liegen im Sand zu erotischen Aktivitäten geradezu einladen. So aalen sich viele der Gäste unbeschwert und unbekleidet in der Sonne, wobei man ganz deutlich feststellen kann, dass die Wärme sowohl die Stimmung als auch die Durchblutung gewisser Körperregionen durchaus anregt.

Als meine wunderbare Muse Alexandra und ich dort drei herrliche Wochen erlebten, hielten wir es wie die meisten anderen Gäste und lagen nackt auf unseren Strandliegen direkt vor dem Beach-Restaurant in der anregenden Sonne. Alexandras wundervoller Busen und ihr sorgfältig rasierter Schamhügel schimmerten vom Sonnenöl im Licht. Die Sonnenstrahlen auf ihren erogenen

Zonen hatten Alexandra animiert, ihre Schamlippen und ihren Kitzler mit den Fingern in eine gewisse Alarmbereitschaft zu versetzen, was wiederum mein bestes Stück in Habachtstellung gehen ließ. Mein stattlicher Penis war schon wieder bereit für die spezielle Betreuung, die ihm Alexandra doch so gerne und so oft wie möglich gewährte. Ich muss allerdings auch sagen, dass mein beschnittener Schwanz mit den beiden breiten, goldenen Reifen um die ausgeprägte Eichel sowie um Hoden und Peniswurzel wirklich immer wieder ein Hingucker ist. Nicht nur für die Damenwelt, wie ich feststellen musste. Dazu kommt noch, dass auch ich meinen Unterleib stets sorgfältig rasiere, weil ich das zum einen ästhetischer und zum anderen auch deutlich appetitlicher beim Oralverkehr finde. Meine Freundin Alexandra wird dies gerne bestätigen. Und wer mag schon Frauen mit Haaren auf den Zähnen?

Es wäre sicherlich zu viel verlangt gewesen, unter solchen Bedingungen einfach brav nebeneinander liegen zu bleiben. Und so kam es, dass wir keine Hemmungen hatten, uns in aller Öffentlichkeit sexuell zu betätigen. Dabei war Alexandra meistens die treibende Kraft. Entweder sie beugte sich zu mir herüber, leckte meinen Schwanz mit ihrer Zunge und massierte ihn mit ihren Lippen. Oder sie setzte sich rittlings auf mich, nahm meine Erektion in sich auf und ritt mich mit zunehmendem Tempo bis zur Extase. Manchmal masturbierte sie auch einfach nur meinen Penis, bis das Sperma in hohem Bogen herausschoss oder sie sich beeilte, es mit ihrem Mund aufzufangen, während sie sich mit ihren schlanken Fingern selbst befriedigte.

An fast allen Tagen probierten wir sämtliche Varianten durch, sobald mein kleiner Freund wieder standhaft genug war, ging es in die nächste Runde. Und bei mindestens sechs Herausforderungen am Tag war er auch gut im Training. Wir waren übrigens nicht das einzige Paar, das sich von der Sonne zu derartigen Aktivitäten hinreißen ließ. Überall um uns herum wurde geleckt, gesaugt und gevögelt, was das Zeug hielt. Und die Übrigen schauten zumindest interessiert zu.

Das Mittagessen, das wir für gewöhnlich in dem schicken Beach-Restaurant einnahmen, war übrigens nicht unbedingt dazu angetan, uns eine Pause zu gönnen, so scharf wie wir aufeinander waren. Der Hauptunterschied zum Strand war eigentlich, dass sich Alexandra zum Lunch etwas anzog. Dieses Etwas beschränkte sich allerdings entweder auf einen Microstring, der höchstens den Kitzler knapp bedeckte, oder ein paar Fäden, die ihre Scham umrahmten, die wesentliche Stelle aber vollkommen frei ließen. Durch die Pospalte führte ohnehin nur ein Faden, so dass die knackigen Backen immer unbedeckt blieben. Mit ihrem blonden Haar, das ihr bis zum Hintern reichte, und den festen, nahtlos gebräunten Brüsten mit den langen Nippeln, die sich aus den kleinen, dunklen Vorhöfen hervorreckten, war meine Muse ohnehin die pure Sünde, besonders wenn ihre Mähne ganz verführerisch mal eine Gesichtshälfte verdeckte oder den Busen umspielte.

Insofern war es nicht verwunderlich, dass ich das Restaurant eigentlich immer mit einem Ständer betrat, zumal ich außer den Reifen um Eichel und Peniswurzel nie irgendwelche Bekleidung trug. Insofern ergab es sich von alleine, dass Alexandra meinen Steifen bereits zum Aperitif mit Hand oder Mund verwöhnte. Das machte mir das Studium der Speisekarte nicht immer leicht, doch stoppten wir unser Spiel immer noch rechtzeitig, bevor ein Orgasmus die Leistungsfähigkeit meines Schwanzes jäh unterbrochen hätte. Schließlich war die Auswahl der angebotenen Speisen ebenfalls die pure Verführung. Es gab Austern, Garnelen, die herrlichsten Fische, zarte Flanksteaks mit knuspriger Kruste und die exotischsten Früchte. Sobald wir gewählt hatten, nahm meine Freundin die sehr persönliche Betreuung meines Zauberstabs wieder auf, bis sie sich auf meinen Schoß setzen konnte, um uns beide bis zum lautstarken Orgasmus zu ficken. So wurde uns die Wartezeit auf die Speisen niemals lang.

Herrlich war es auch immer wieder, wenn man sich zum Sundowner an der Bar des Beach-Restaurants traf, von der aus man einen großartigen Blick auf das gleißende Meer und die langsam untergehende Sonne hatte. Hier wurde es übrigens gerne gesehen, wenn die Gäste bekleidet kamen, was aber bei den Damen durchaus etwas luftiger ausfallen durfte.

Beliebt waren speziell die sogenannten Fickkleider, die man in der hoteleigenen Boutique erstehen konnte und die von der jungen Ehefrau des Hoteliers selber entworfen wurden. Sie zeichneten sich dadurch aus, dass mindestens ein Geschlechtsmerkmal unter transparentem Stoff sichtbar oder gänzlich unverhüllt blieb. So beispielsweise extrem kurze Kleider, die Schamlippen und Po zeigten. Das machte sich besonders schön, wenn die Trägerin mit gespreizten Schenkeln auf einem Barhocker saß und sich von ihrem Mann befingern oder penetrieren ließ. Oder Kleider, die eine Brust frei lassen. Verführerisch sieht auch ein großer Hut zu nacktem Busen und langem bis zur Taille geschlitztem Rock aus, besonders wenn Brüste und Kitzler mit Kreolen oder anderen Schmuckstücken gepierct sind.

Die zugleich romantische und erotisch aufgeladene Stimmung führte natürlich oft dazu, dass es nicht beim Schauen blieb, sondern Schwänze aus ihren Gefängnissen befreit wurden und sich in die so freizügig dargebotenen Scheiden oder Ärsche versenkten. Geradezu ein Sport war es übrigens für uns geworden, genau dann zum Höhepunkt zu kommen, wenn die Sonne gerade im Meer versank.

Aber auch das Dinner auf der Terrasse des über den Felsen thronenden Hotelrestaurants hatte jedes Mal seinen ganz besonderen Reiz, was durchaus wörtlich zu nehmen ist. Am schönsten waren die Abende, an denen wir unseren Tisch direkt vorne am Rand der Terrasse hatten, über uns nur den Sternenhimmel. Alexandras langes, blondes Haar fiel ihr ins Gesicht und bis auf den Schoß. Die Windlichter setzten goldene Akzente auf ihrer wundervollen Mähne.

Einmal trug sie ein Kleid, das nur aus einem filigranen Netz aus zarten, goldenen Kettchen bestand und die strategisch wichtigen Stellen sehen ließ. Ihre ausgeprägt langen, dunklen Nippel ragten vorwitzig zwischen den Maschen hervor. Die gläserne Tischplatte und das taillenhoch geschlitzte Netzkleid sorgten dafür, dass ich ihre glattrasierte Scham wie unter einem Vergrößerungsglas sehen konnte, insbesondere die mit einem Brillant-Solitär geschmückte Klitoris, die sich zwischen den Labien freiliegend dem Betrachter entgegen reckte. Ich hatte meine Schuhe ausgezogen und begonnen, mit dem großen Zeh ihre Vagina zu penetrieren. Schon bevor wir uns zu Tisch setzten, hatte Alexandra meinen stattlichen Penis aus dem Hosenschlitz befreit, der sich ihr nun ebenfalls wie unter einer Lupe darbot. Ich trug an dem Abend einen sehr engen Eichelring und einen besonders breiten Reifen um

Glied und Hoden, beide mit glitzernden Swarowskisteinen besetzt. Der gegenseitige Anblick hatte uns beide dermaßen erregt, dass wir am liebsten sofort und vor allen Gästen gevögelt hätten.

Um die Stimmung der Gäste noch anzuheizen, servierten ausgesucht hübsche Kellnerinnen, alles Mulattinnen mit hellbraunem Teint, barbusig und lediglich mit winzigen, neonfarbenen Strings bekleidet. Es gab die herrlichsten Schalentiere und Meeresfrüchte, so frisch als wären sie gerade erst gefangen worden.

Nach dem Fischgang hielten wir beide es nicht mehr aus vor Gier. Alexandra setzte sich auf meinen Schoß, zog die Schamlippen zur Seite, um ihre bereits völlig nasse Scheide zugänglich zu machen und ließ mein Glied in sich hinein gleiten. Unsere Lippen und Zungen fanden einander ebenfalls. Mit langsamen Bewegungen ließen wir uns ins Nirwana tragen.

Auch an den Nebentischen waren die Damen äußerst leicht bekleidet erschienen, was den einen oder anderen Herrn dazu veranlasste, Hand anzulegen oder auch mehr.

An einem Abend war das Motto ‚Goldfinger‘ ausgegeben worden in Anlehnung an den legendären James-Bond-Film. Alexandra erschien zum Dinner völlig nackt, dafür aber mit golden geschminkten Körperstellen, die auf der nahtlos gebräunten Haut besonders auffielen. Augenlider, Lippen, Nägel, Brustwarzen und ihr Kitzler wirkten, als wären sie mit Blattgold belegt. Ich war ebenfalls unbekleidet, allerdings mit vergoldetem Penis und Hoden. Außerdem trug ich wieder die strassbesetzten Cockringe. Es war gar nicht so einfach gewesen, eine feuchtigkeitsresistente Farbe zu finden, die auch die hef-

tigen Bewegungen in einer nassen Vagina überstehen
würde.

Der Anblick meiner goldenen Muse hatte natürlich
wieder einmal für eine Erektion gesorgt, mit der ich die
Restaurantterrasse gemeinsam mit meiner Schönen betrat.
Das heißt, eigentlich schritt sie voraus und zog mich an
meinem steifen Penis mit sich. An unserem Tisch angekommen, versicherte sie sich zunächst, dass sie auch genügend Zuschauer hatte, ging vor mir in die Knie und
stülpte ihre goldenen Lippen über meinen goldenen
Schwanz, um ihn quasi auszulutschen. Mit Vehemenz
kam ich in ihrem Mund und sie schluckte mein Sperma,
als wäre es eine ganz besondere Delikatesse. Das hatte sie
schließlich so erregt, dass sie in ihrem Sessel mit weit
gespreizten Schenkeln und geübten Fingern ihr Lustzentrum streichelte und massierte, bis sie mit einem inbrünstigen Schrei zum Orgasmus kam. Erschöpft widmeten wir
uns dem exzellenten Menü.

Auf der Menükarte stand als letzter Punkt ‚Faire
l'amour‘. Die Tische wurden abgeräumt und stattdessen
einen weiche Decke aufgelegt, um es den Gästen beque-
mer zu machen. Mein Schwanz hatte sich inzwischen
erholt und war wieder einsatzbereit. Alexandra flüsterte
mir zu, ich solle sie so heftig vögeln, wie ich könne. Sie
legte sich mit dem Rücken auf den Tisch, ließ ihr langes,
blondes Haar bis auf den Boden fallen, öffnete die Schenkel, zog die Labien auseinander und streckte mir ihren
vergoldeten Kitzler entgegen. Es war ein Anblick für die
Götter, wie sie mit ihrem nahtlos gebräunten, goldverzier-
ten Körper dalag und darauf wartete, dass ich meinen
goldenen Penis in sie versenkte. Zunächst strich ich eine
Weile mit meiner Eichel sanft über ihre Klitoris, platzierte
sie dann vor ihrer einladend feuchten Vagina und drang

ganz langsam in sie ein, gerade soweit, dass der Eichel-ring Gelegenheit hatte, mit seinen Swarovski-Steinen den Scheideneingang zu weiten und zu massieren. Dann zog ich mich wieder zurück, da ich mich erst noch mit Lippen und Zunge ihrem goldenen Lustzentrum widmen wollte, das sich so wunderschön präsentierte. Ich knabberte und leckte, ließ meine gierige Zunge auf ihrem Kitzler krei-sen, bis meine Muse zu stöhnen begann. Nun drangen zwei meiner Finger in ihre geöffnete Grotte ein, um zu-sätzlich ihren G-Punkt zu stimulieren, bis sie sich vor Lust wand. Währenddessen hatten sich schon die ersten erwartungsvollen Tropfen auf meinem steifen Schwanz gebildet, doch ich gönnte uns erstmal eine kleine Pause, bevor ich mit voller Länge in sie eindrang und sie mit Kraft und zunehmendem Tempo fickte, bis wir beide gleichzeitig mit einem Schrei kamen. Vor Erregung zit-ternd hielten wir uns in den Armen, bevor wir völlig er-schöpft wieder auf unsere Sessel sanken.

Nun nahmen wir uns die Zeit, das Treiben um uns herum zu betrachten. Die Frau am Nachbartisch war mir bereits durch ihre üppigen kastanienbraunen Locken auf-gefallen, die ihr bis zur Taille reichten. Bis auf einen üp-pigen ebenso braunen Fuchsschwanz, der an einem Stöp-sel aus ihrem Anus ragte, war sie völlig unbekleidet. Ihren festen Busen zierten kreisförmig um die Brustwarzen aufgeklebte, golden schimmernde Strasssteine, von denen weitere strahlenförmig ausgingen. Derselbe Schmuck fand sich um die glattrasierte Scham wieder. Ihr Begleiter trug unterhalb des offenen, goldfarbenen Hemdes ledig-lich einen goldenen String, der vorne nur eine Penishülle aufwies, die den jeweiligen Grad der Erregung anzeigte. Mittlerweile hatte er seinen String abgelegt, den Fuchs-schwanz nach oben geklappt und war in die über den

Tisch gebeugte Frau eingedrungen, um sie mit aller Kraft zu ficken, bis sie endlich die erhoffte Erlösung erlebte.

An einem weiteren Nachbartisch war ein junges, recht dunkelhäutiges Paar damit beschäftigt, einander abwechselnd mit Zunge und Lippen zu verwöhnen. Der Hautfarbe nach waren sie wohl indischer Herkunft, wozu auch ihr knielanges, seidig glänzendes Haar passte. Auffällig waren die bernsteinfarbenen Augen, die ihr ebenmäßig schönes Gesicht mit den weißen Zähnen und dem sanften Lächeln noch betonten. Sie trug einen goldenen, völlig durchsichtigen, po- und rückenfreien Einteiler, dessen offener Schritt die mit drei goldenen Ringen gepiercte Klitoris zeigte. Ein ebenfalls goldenes, filigranes Ohrgehänge, zweifellos eine traditionelle, indische Handarbeit, reichte vom linken Ohr bis zu einem Ring, der aus den Nasenlöchern hervor lugte. Ein Brillant zierte den rechten Nasenflügel. Goldene Reifen um beide Handgelenke und Fußkettchen an den schlanken Fesseln über den strassbesetzten Highheels komplettierten das Outfit.

Ihr Begleiter trug einen indischen Anzug aus leichter, durchsichtiger Baumwolle, unter der sein muskulöser Körper gut zur Geltung kam. Sein großer, brauner Penis ragte aus dem Schlitz der Hose und offenbarte einen breiten, goldenen Eichelring, dessen Druck ganz offensichtlich der Standfestigkeit zugutekam. Schließlich setzte sie sich ganz ungeniert, frontal auf seinen Schoß und ließ den dicken, beringten Schwanz langsam in ihre feuchte Scheide gleiten. Die lange, blauschwarze Mähne fiel wie ein Vorhang über ihr Gesicht und im Wechsel über ihren Rücken bis fast zum Boden Mit zunehmender Kraft und Geschwindigkeit vögelten die Beiden sehr ausdauernd bis der erste Gang serviert wurde. Ohne seinen Samen vergossen zu haben, aber mit seliger Miene zog er sich aus ihrer Grotte zurück. Offenbar sollte die Fortsetzung nach der Vorspeise folgen.

Die barbusigen, milchkaffeebraunen Schönheiten hatten nach dem Servieren auch die Aufgabe, die sichtlich entspannten Gäste zur Bar am Ende der Terrasse zu begleiten. Ein grün schimmernder Glasboden gewährte einen spektakulären Blick auf die darunterliegenden, beleuchteten Felsen. Pierre und André, die beiden dunkelhäutigen Barkeeper, die sich wie ein Ei dem anderen glichen, kümmerten sich um die Drinks. Sie waren gänzlich unbekleidet und am ganzen Körper rasiert. So kamen natürlich die beeindruckenden Penisse ganz besonders zur Geltung, zumal die verglaste Thekenfront einen ungehinderten Blick gewährte. Eine der Serviererinnen hatte die Aufgabe, mit Mund und Fingern dafür zu sorgen, dass die Erektionen erhalten blieben.

Wir bestellten zweimal die Spezialität ‚Tequila on the cocks‘ und bekamen zwei Gläser mit Tequila auf Eis von den beiden Barkeepern am Tisch serviert. Sie hielten uns ihre steifen Schwänze vor die Lippen, feuchteten die Eicheln zunächst mit halbierten Zitronen an und streuten dann Salz darauf, das wir nun ablecken mussten, bevor wir unsere Tequilas nippten. Wirklich mal eine sehr originelle Variante.

Man konnte übrigens auch ‚Cock-au-Chocolat“ bestellen. Das war ein Schokoladeneis mit Glasur in Penisform, für das die Zwillingsbrüder ganz offensichtlich Modell gestanden hatten. Alexandra hatte natürlich nichts Besseres zu tun, als den dicken Schokoladenpenis gleich in ihre Scheide einzuführen, bevor sie mich daran lutschen ließ. Zur Aromatisierung, wie sie sagte, also gewissermaßen ‚Cock-au-Chocolat à la Alexandra‘.

Jacqueline O., die hübscheste der Serviererinnen, hatte ebenfalls jegliche Kleidungsstücke abgelegt und bot den Herren eine ganz besondere Eisvariante an. Voraussetzung für den Genuss war eine ordentliche Erektion, für die normalerweise die Partnerin des Gastes durch entsprechende Handarbeit sorgte. Jaqueline kühlte zunächst ihre Vagina mit einigen Eiswürfeln herunter, um sich anschließend das Glied einzuverleiben, was für ganz ungewohnte Sensationen sorgte.

Alexandra wollte das natürlich auch bei mir gleich ausprobieren und ließ sich einige Eiswürfel bringen, die sie auch sofort im ihre Vagina einführte. Sie erschauerte ob der kalten Sensation. Sobald das Eis geschmolzen war, setzte sie sich frontal auf meinen Steifen und begann mich zu reiten, bis ich nach sehr kurzer Zeit meinen Erguss nicht mehr zurückhalten konnte und mein Sperma in ihr vergoss. Neugierig geworden, wie sich das wohl anfühlte, setzte sie sich dann mit weit gespreizten Schenkeln direkt vor mich auf den Tisch und bat mich, zwei Eiswürfel in den Mund zu nehmen und sie mit meiner eiskalten Zunge zum Höhepunkt zu lecken. Eine weitere Steigerung wäre es bestimmt, meinte sie, gleichzeitig noch ein paar Eiswürfel in ihrem Hintern zu fühlen.

Die sanfte Hintergrundmusik, die uns den Abend begleitet hatte wurde intensiver und verwandelte sich schließlich in einen Tango Argentino, zu dem mehrere Paare zu tanzen begonnen hatten. Besonders ein Paar schien den engen Tanz ganz besonders zu genießen. Da sich beide im Laufe der letzten Stunde jeglicher Kleidung vollends entledigt hatten, war die Erregung, die beide nahtlos gebräunten Körper ergriffen hatte, unschwer zu erkennen. Dank ihrer hohen Absätze war es ihm gelungen, mit seinem erigierten Glied in ihre Scheide einzudringen und so tanzten sie ineinander versenkt eine ganze Weile. Doch offenbar genügte das irgendwann nicht mehr. Er glitt aus ihr hinaus, drehte sie um, sie beugte sich vor, so dass ihr Haar fast den Boden berührte und er sie mit aller Kraft bis zur lautstarken Erlösung vögeln konnte. Die übrigen Gäste, die der Vorstellung zugeschaut hatte, applaudierten. „Das sollten wir auch mal machen", meinte meine Schöne, „vielleicht morgen Abend?"

Shopping

Es war Sommer mit blitzblauem Himmel. Die lang ersehnte Sonne erwärmte nicht nur die Seele sondern auch den Körper und weckte die Lust darauf, die Sonnenstrahlen auch auf der nackten Haut zu spüren. Meine Freundin und Muse Alexandra, für mich die schönste Frau der Welt, hatte beschlossen, sich mit ihrer Londoner Freundin Jerry zum Shopping in Düsseldorf zu verabreden. Jerry war von ihrer großen, amerikanischen Werbeagentur für zwei Jahre in die rheinische Mode-Metropole entsandt worden, um die Einführung einer neuen Modemarke auf dem deutschen Markt zu begleiten.

Die 33jährige Jerry war eine ungewöhnliche, exotische Schönheit. Von ihrer indischen Mutter hatte sie den dunklen Teint, das seidige, schwarze Haar und die Traumfigur geerbt, von ihrem schottischen Vater die stahlblauen Augen und den Namen Macallan, der an rauchigen Single Malt denken ließ. Außerdem hatte sie eine ausgeprägte exhibitionistische Ader, so wie auch ihre deutsche Freundin Alexandra.

Die Beiden trafen sich im eleganten Hotel Breidenbacher Hof am nördlichen Ende der exklusiven Shoppingmeile Kö, wie die Königsallee allgemein genannt wird. Ohne dies etwa vereinbart zu haben, hatten sich beide Frauen für äußerst luftige Kleidung entschieden, die mehr enthüllte als verdeckte.

Jerry trug ein völlig transparentes, knapp knielanges Kleid aus hellblauem Seidenchiffon, das jedes Detail ihres nackten Körpers offenbarte. Darunter trug sie keine Wäsche, nicht einmal einen mikroskopisch kleinen String. So kamen ihre straffen, frei schwingenden Brüste mit den dunklen Vorhöfen herrlich zur Geltung. Ebenso der sorgfältig epilierte Venushügel, oberhalb dessen ein dunkler

Landing Strip die Blicke auf sich zog. Dessen Konturen waren exakt getrimmt, zeigten aber erstaunlich langes Haar, das vermuten ließ, dass Jerry ihre Schamhaarfrisur mit Akribie gezüchtet hatte. Die sehr ausgeprägte Klitoris war deutlich zwischen den Labien zu sehen. Das Fehlen jeglicher Tanlines zeigte, dass sie sich ausschließlich unbekleidet sonnte. Farblich passende Highheels und ein großer hellblauer Sommerhut rundeten das ansonsten eher minimalistische Outfit ab. Das seidig glänzende, tiefschwarze Haar fiel ihr vom Seitenscheitel in einer großzügigen Welle ins Gesicht und in üppigen Locken bis zur Taille. Die Mähne verdeckte immer wieder ganz verführerisch eines der strahlend blauen Augen und umspielte den nackten Busen unter dem transparenten Chiffon. Dass Jerry alle Blicke auf sich zog, muss wohl kaum besonders erwähnt werden, zumal ihre Begleiterin nicht minder freizügig gekleidet war.

Allein Alexandras wundervolles blondes Haar, das ihr bis unter den Po reichte, hätte genügt, dass sich alle Männer nach ihr umdrehten. Seit ein paar Jahren trug sie es gerade so lang, dass sie sich nicht darauf setzen konnte. Früher reichte es ihr fast bis zu den Knien, doch das war im Alltag einfach zu unpraktisch. Auch so verlangte die leuchtende, seidige Mähne jeden Tag viel Pflege, aber die war es auf jeden Fall wert.

Alexandra hatte sich für ein ultrakurzes Neckholder-Kleid aus ziemlich transparenter, dunkelblauer Spitze entschieden, nur wenige Zentimeter länger als ihr Haar. Je nach Bewegung konnte man einen Blick auf die nackten Pobacken erhaschen oder auch auf die sorgfältig enthaarte Scham mit dem Brillanten, der die empfindlichste Stelle des Kitzlers zierte. Dazu passend umfassten Brillantringe die auffällig langen Nippel, die aus den straffen Brüsten ragten. Zudem war das Kleid rückenfrei geschnitten mit einem Ausschnitt, dessen Spitze bis tief in die Pospalte reichte. Wenn sie sich nach vorne beugte, sah man den geschliffenen Kristall eines Analplugs in der Sonne glitzern.

Die Beiden betraten die Boutique ‚Eternal Desire', die für ihre extravagante Cocktail- und Abendmode weit über Düsseldorfs Grenzen hinaus bekannt war. Hierher kamen auch die verschleierten Frauen milliardenschwerer Araber, wenn sie ein erotisches Outfit für ein Dinner fernab der Öffentlichkeit suchten. Nun gut, die beiden Freundinnen waren bereits jetzt deutlich offenherziger gekleidet. Cora Bruni, die Besitzerin der Boutique, erkundigte sich zunächst einmal nach dem Anlass, für den man etwas suche. Da eigentlich kein konkretes Event vorlag, wünschte sich Alexandra eine Art Kleines Schwarzes, das man zum Beispiel auf einer exklusiven Vernissage oder privaten Party tragen könne. Es dürfe durchaus viel von ihrem Körper zeigen, meinte sie, während sie sich für die Anprobe bereits splitternackt auszog. Es störte sie nicht, dass ihr die übrigen Kunden, darunter auch fasziniert schauende Männer, dabei zuguckten, wie sie nur mit ihrer langen, blonden Mähne bekleidet auf den ersten Vorschlag wartete.

Das gezeigte Kleid bedeckte lediglich die rechte Körperhälfte und verfügte dort über einen langen Ärmel. Von einem Halsband gehalten, endete der Stoff genau in der Körpermitte. Die Kante verlief vorne über den Bauchnabel und den Schamhügel, hinten über die Pospalte. Die linke Brust blieb unbedeckt, wie auch der linke Arm und die linke Pobacke. Lediglich eine filigrane Kette in Taillenhöhe hielt das Kleid zusammen. Zu diesem Kleid müsse man unbedingt Schmuck an Busen und Scham tragen, meinte Cora, aber das sei ja offensichtlich gewährleistet. Ebenso sicher würde Alexandra damit alle Blicke auf sich ziehen, falls ihr das Kleid denn nicht zu freizügig sei. Jerry war ganz begeistert und meinte, ihre Freundin brauche gar nichts anderes mehr anprobieren: "Das ist es!"

Auch für Jerry hatte Cora etwas Passendes gefunden: eine Art Bustier, das allerdings eher wie eine Büstenhebe gearbeitet war und den Busen vollkommen frei ließ. Dazu eine ebenfalls weiße, pluderig fallende Haremshose aus recht durchsichtigem Stoff, deren zwei Hälften nur im Bund miteinander verbunden waren. Schritt und Pospalte blieben frei sichtbar und zugänglich. „Auch sehr praktisch für den Fick zwischendurch", meinte Cora.

Dazu empfehle sie den passenden Schmuck zu tragen, obenherum beispielsweise einen Halsreifen, von dem sechs goldene Kettchen zu Ringen um die Brustwarzen führten, entweder zum Klemmen oder zum Piercen. Für untenherum habe sie ebenfalls eine Art Collier mit strassbesetzten Ketten, die links und rechts der Klitoris verliefen und diese wunderbar stimulieren würden: „Ein total geiles Gefühl bei jedem Schritt!" Mit ihrem dunklen Teint und den langen Locken sah Jerry in dem Outfit umwerfend aus, gerade wie sie Brüste und Scham zur Schau stellte. „Gekauft!"

Wieder in ihrem ursprünglichen Look brauchten die Freundinnen nun eine kleine Pause, wofür sich ein schickes Straßencafé mitten auf der Kö geradezu anbot. Alexandras Kleid war nach oben gerutscht, so dass die wärmenden Sonnenstrahlen Gelegenheit hatten, ihre erregende Wirkung auf ihr Geschlecht direkt zu entfalten. Jerry hatte ihr Kleid ebenfalls nach oben geschoben und ihre Scham entblößt. In stiller Übereinstimmung begannen beide ihre intimen Zonen zu streicheln, während sie auf ihre Cappucinos warteten. Mit den Fingern an ihren Kitzlern und halb geöffneten Lippen versetzten sie sich langsam aber sicher in Stimmung, was auch dem hübschen, dunkellockigen Kellner nicht verborgen geblieben war. „Da hätten wir wohl besser gleich einen Latte Macchiato bestellt", zwinkerte Jerry und strich ihm sanft über den Hosenschlitz, wo sich seine Erektion fühlbar abzeichnete.

Schließlich besuchten die Beiden noch ‚Pussy Dreams', ein ganz besonderes Geschäft für ausgefallene Bademoden, das sich in einer Seitenstraße der Kö versteckte. Bereits die Verkäuferin lief in einem schwarz-weißen Micro-Bikini herum, dessen Ausschnitte Brustwarzen und Schamlippen ganz ungeniert zeigten. „Ich hätte hier etwas ganz Besonderes für Sie, falls Sie einmal in die Verlegenheit kommen sollten, am Hotelpool bekleidet sein zu müssen." Es handelte sich um einen sehr transparenten Einteiler, der auf der Rückseite lediglich von wenigen Schnüren gehalten wurde. Alexandra probierte ihn an und stellte fest, dass der offene Schritt ihre perfekt rasierte Pussy in voller Nacktheit und Schönheit zeigte. „Sie zeigen alles, aber erfüllen trotzdem die Bekleidungsvorschrift. Wirklich raffiniert!"

Jerry hatte inzwischen einen Bikini entdeckt, der diese Bezeichnung kaum verdiente. Neongrüne Schnüre umrahmten nur noch die Brüste und die Scham, ließen ansonsten aber alles frei. Auch die Pobacken wurden lediglich von einer Schnur geteilt. Ein Strasskettchen mit einem glitzernden Anhänger lenkte den Blick zusätzlich auf den Kitzler. Jerry zog die Schamlippen auseinander und ließ es in ihre Spalte gleiten. Sie nahmen beide Teile mit.

Bevor sie den Laden verließen zog Jerry diesmal ihr zuvor gekauftes neues Outfit an, mit der sie auf der Straße nun noch mehr Aufmerksamkeit erregte, insbesondere mit ihrem vollkommen nackten Busen.

Die letzte Etappe ihres Bummels war die avantgardistische Galerie ‚BelliniArt‘, die sich in erster Linie mit Skulpturen und Aktionskunst einen Namen gemacht hatte. Der Inhaber war Jerrys italienisch-stämmiger Freund Claudio Bellini, der sie auch gleich freudig begrüßte. „Wow, ihr seht ja rattenscharf aus! Dass ihr euch so auf die Straße getraut habt."

Claudio zog Jerry ganz nahe an sich heran, beider Zungen fanden einander, während seine Finger über ihre nackten Brüste strichen und die Nippel zwirbelten. Sie rieb ihren Unterleib an dem Seinen, fühlte sein begieriges Glied. Den Reißverschluss seines weißen Overalls, der bisher nur seine behaarte Brust sehen ließ, zog sie nach unten und sein prächtiger, beschnittener Schwanz sprang ihr entgegen. Ein silberner genoppter Cockring betonte die ausgeprägte Eichel, die Jerry sogleich zwischen ihre Lippen nahm, um sie geradezu auszusaugen. Bevor es zur Explosion kommen konnte, hob Claudio seine Jerry auf einen Barhocker und sie spreizte die Schenkel, damit er bequem in sie eindringen konnte. Ganz langsam führte er seine beringte Eichel in ihre enge Scheide ein, stieß langsam den Penis in voller Länge in sie hinein, um sich langsam wieder zurück zu ziehen. Dann wiederholte sich das Spiel wieder und wieder, immer schneller werdend, bis beide unter Stöhnen zitternd zum Höhepunkt kamen.

Währenddessen hatte Alexandra dem Schauspiel zugesehen, das sie zusehends erregte. Ihre Finger streichelten erst sanft, dann immer fordernder die Scham, drangen in die Vagina ein, fanden den G-Spot, tanzten auf der Klitoris, bis auch sie zum lautstarken Orgasmus kam.

So langsam war es Zeit fürs Abendessen geworden. Der Hunger hatte sich inzwischen auch schon gemeldet. Die Drei beschlossen, in der nahegelegenen ‚Trattoria Davide' zu speisen, wo sie ein Buffet mit klassischen, italienischen Antipasti erwartete. Schon der Anblick ließ ihnen das Wasser im Munde zergehen: mariniertes, gegrilltes Gemüse, Bruschetta mit herrlich aromatischen Tomaten, Fischsalat und Gamberoni in Knoblauchöl, Octopus vom Grill und Vitello Tonnato. So bestellten sie eine große Vorspeisenplatte für drei Personen.

Jerry hatte den Platz am raumhohen Fenster eingenommen, so dass Passanten ihren nackten, zeitweise nur von ihrem langen Haar bedeckten Busen betrachten konnten. Manche blieben tatsächlich vor dem Fenster stehen, begeistert von dem unerwarteten Anblick, kopfschüttelnd ob dieser Obszönität oder verstohlen auf die Brüste schauend, während sie vorgaben, die Speisekarte zu studieren. Wenn sie alle geahnt hätten, dass Jerry ihren Unterleib zwischen den durchsichtigen Hosenbeinen völlig nackt präsentierte, wären die Blicke sicherlich noch um einiges gieriger geworden. Der nackte Körper unter Alexandras transparentem Spitzenkleid war da eher auf den zweiten Blick erkennbar. Emilio, dem Kellner war der Brillant an ihrer entblößten Scham allerdings nicht entgangen, zumal sie ganz bereitwillig die Schenkel gespreizt hatte. Die Beule in seiner Hose war nicht mehr zu übersehen und er musste sich sichtlich Mühe geben, beim Einschenken keinen Wein zu verschütten. Jerrys Linke massierte derweil Claudios Erektion, die seinen Overall sichtlich zu eng werden ließ. Am liebsten hätte sie jetzt den Reißverschluss geöffnet und sein Glied masturbiert,

115

bis er seinen Samen in hohem Bogen verschossen hätte. Doch das ging natürlich nicht in einem Restaurant. Aber vielleicht könnte sie sich ja nach dem Dessert auf seinen Schoß setzen, um seinen Penis in sich zu fühlen und ihn möglichst unauffällig zu reiten?

Alexandra träumte derweil davon, den Schwanz des hübschen Emilio aus seinem Gefängnis zu befreien und ihre Zunge auf seiner Eichel tanzen zu lassen, bevor sie den Schaft zwischen ihren Lippen verschwinden ließ. Doch das ging natürlich auch nicht. Oder vielleicht doch? Nach dem Dessert, wenn die übrigen Gäste schon gegangen waren? Während Jerry und Claudio vögelten? Sie ahnte, welche Gedanken ihrer Freundin durch den Kopf gingen.

Sylvester

Wir hatten beschlossen, das Jahresende diesmal mit einem erotischen Dinner in einem exklusiven Hotel am Park inmitten weiterer Wolkenkratzer zu verbringen. Meine Gefährtin und Muse Alexandra, die mit ihrem göttlichen Körper und der bis zum Po reichenden blonden Mähne zweifellos die schönste Frau der Welt ist, hatte mir in Aussicht gestellt, auch eine ganze Reihe spektakulärer Kleidungsstücke mitzunehmen, in denen sie ihre exhibitionistische Neigung mal wieder so richtig ausleben könne.

Bereits auf der Hinreise verwöhnte sie nicht nur mein Auge mit dem Blick auf ihre herrlichen Brüste, die vom zarten Stoff ihrer völlig transparenten Bluse kaum verhüllt waren. Meine Erektion am Steuer wurde von Alexandras kundiger Hand gepflegt, so dass es mir oft schwer fiel, mich auf den Verkehr zu konzentrieren. Den Straßenverkehr meine ich natürlich. Die Gedanken an andere mögliche Varianten des Verkehrs konnte ich dabei ohnehin nicht mehr verdrängen.

Zur Entspannung nach der langen Fahrt suchten wir erst einmal den großzügigen Wellnessbereich auf, in dem man es mit den Textilien nicht so genau nahm. Manche gut gewachsene Frau zeigte gerne ihren Körper in einem mikroskopisch kleinen Stringbikini, einem im Schritt offenen, durchsichtigen Einteiler oder einem Stringtanga, der lediglich aus Fäden bestand, die die entblößte Scham umrandeten und hinten lediglich eine Schnur durch die Pospalte aufwies. Andere Gäste waren völlig nackt, so wie auch Alexandra und ich.

Der Anblick von so viel erotischen Körpern hatte mir bereits wieder zu einem Steifen verholfen. Ich setzte mich auf den Beckenrand, meine Gefährtin hüpfte ins seichte

Wasser und begann, meinen Schwanz zu lutschen, bis ich mich vor Erregung wand und kurz vor der Explosion stand. Gerade noch rechtzeitig ließ sie von mir ab und murmelte etwas von: „Jetzt noch nicht. Du brauchst dein Sperma später noch." Unersättlich wie immer.

Als wir die Sauna betraten, war dort nur ein weibliches Pärchen, das sehr damit beschäftigt war, sich gegenseitig oral zu befriedigen. Die glattrasierten Venushügel sahen aber auch zu appetitlich aus. Alexandra begann gleich im Knien, meinen Bauch und meinen Schwanz mit ihrer Zunge zu liebkosen. Da spürte sie auf einmal selber eine zarte Zunge zwischen ihren Schamlippen und weiblich schlanke Finger, die sanft in ihre Grotte eindrangen, ganz offensichtlich auf der Suche nach ihrem G-Spot. Es gefiel ihr und so ließ sie es geschehen. Inzwischen hatte Alexandra sich meines wiederauferstandenen Penis angenommen und massierte ihn mit den Lippen im immer schneller werdenden Rhythmus, mit dem ihr eigenes Geschlecht verwöhnt wurde. Ich kam in ihrem Mund, während eine fremde Zunge an ihrer Klitoris sie selber in den Wahnsinn trieb.

Wieder in unserem Zimmer kleideten wir uns an, um rechtzeitig zum Aperitif im Hotelfoyer zu sein, wo der Hoteldirektor bei einem Glas Champagner eine kurze Ansprache zum Jahreswechsel halten wollte. Ich trug ganz klassisch einen Smoking. Alexandra hatte ein rückenfreies Neckholder-Kleid aus transparenter, schwarzer Spitze ausgewählt, das die Brustwarzen mit den kleinen, dunklen Vorhöfen wunderbar zur Geltung brachte. Hinten war es ab der Taille über dem nackten Po geschlitzt und vorne reichte es knapp bis zur sorgfältig rasierten Scham, die sie ebenfalls vollkommen nackt zur Schau stellte. Ihr Haar hatte sie so raffiniert aufgesteckt, dass es halb über das rechte Auge fiel, was unheimlich sexy aussah. Als wir im Foyer ankamen war Alexandra natürlich wieder einmal der Hingucker. Von unverhohlener Neugier und lüsternen Blicken reichten die Reaktionen der übrigen Gäste bis zu blankem Entsetzen über diese unerhörte Schamlosigkeit. Eine schmuckbehängte, grauhaarige Dame murmelte etwas von „Polizei holen", während ihr Gatte seine sabbernde Gier kaum verbergen konnte.

Während man sich zuprostete, streichelte meine freie Hand ihre Pofalte bis hinunter zu den Schamlippen, als sie sich ein wenig vorbeugte. Ich konnte mich kaum noch zurückhalten, nicht mit meinen Fingern in ihre Vagina einzudringen. Alexandras Rechte war inzwischen in meinem Hosenschlitz geschlüpft und massierte ganz schamlos die unübersehbare Wölbung, die meine Erektion unter dem Stoff der Smokinghose verursachte. Da wir alle recht nahe beieinander standen und den Worten des Hoteliers lauschten, dürften höchstens unsere unmittelbaren Nachbarn etwas davon mitbekommen haben.

„Komm, lass uns in die leere Bar verschwinden!" raunte meine Muse mir zu. Dort nahmen wir einander gegenüber in voluminösen, weichen Ledersesseln Platz. Alexandra hatte ihre Schenkel weit gespreizt, ihre Schamlippen mit den Fingern auseinander gezogen und begonnen, ihren Kitzler zu streicheln. Mit halb gesenkten Augenlidern und leicht geöffnetem Mund forderte sie mich auf: „Hol deinen Schwanz raus! Ich möchte zusehen, wie du es dir selber machst und dann will ich deinen Samen schmecken." Zwei Finger drangen in ihre Scheide ein, während die andere Hand immer schneller werdend ihre Klitoris bearbeitete, bis sie mit einem unterdrückten Schrei zum Orgasmus kam. Dieses Schauspiel hatte mich so erregt, dass auch ich mich leise stöhnend auf dem Wege zur Ejakulation befand. Nun endlich erhob sie sich, umschloss gerade noch rechtzeitig meinen pulsierenden Schwanz mit ihren Lippen und saugte das herausspritzende Sperma geradezu aus ihm heraus. Als wir wieder zu uns kamen, sagte sie: „Warte hier! Ich geh mich nur auf dem Zimmer etwas frisch machen." Ich hatte nun genügend Zeit, meine sauber geleckten Penis wieder in der Hose zu verstauen. Anschließend suchte ich mir einen freien Sessel im Foyer und bestellte mir einen 16 Jahre alten, herrlich torfigen Lagavulin.

Eine halbe Stunde später schritt Alexandra in einem saphirblauen, seidenen Abendkleid die ausladende Treppe zum Foyer hinunter. Ein atemberaubender Anblick. Das Kleid war nicht nur schulterfrei geschnitten, sondern zeigte ihre völlig nackten Brüste, deren ohnehin perfekte Form von einer in den Ausschnitt eingearbeiteten Büstenhebe noch unterstützt wurde. Die langen Nippel waren lediglich von brillantbesetzten Ringen umfasst, die mit dem Collier um ihren Hals und den Saphirohrringen um die Wette funkelten. Vorne war das fast bodenlange Kleid bis zur Taille geschlitzt, so dass man bei jedem Schritt den kleinen Brillantring sehen konnte, dessen Solitär die empfindliche Stelle ihrer bereits sichtlich geschwollenen Klitoris stimulierte. Die fast bis zum Po reichende blonde Mähne fiel je nach Bewegung über ihren Rücken oder bedeckte einen Teil des Gesichts und mal die eine, mal die andere Brust. Die lasziven Bewegungen taten ein Übriges, um nicht nur mir umgehend eine Erektion zu bescheren. Als sie auf mich zukam und mit einem langen, tiefen Kuss allen zeigte, zu wem sie gehörte, war ich unglaublich stolz auf Alexandras Schönheit und ihren Mut.

Die Gäste wurden nun zu ihren Tischen geleitet. Der Maître ließ es sich nicht nehmen, meiner Begleiterin persönlich den Stuhl zurecht zu rücken. Ein weiteres Paar wurde noch an unseren Tisch geleitet. Ich hatte Glück, denn die junge Dame war ebenfalls von außerordentlicher Schönheit und überaus offenherzig gekleidet. Das Oberteil ihres langen schwarzen Kleides war aus durchsichtigem Chiffon, unter dem der recht üppige, aber dennoch feste Busen über einer schmalen Taille in seiner vollen Pracht zu sehen war. Ein goldener Penis, der an einer Halskette zwischen ihren Brüsten hing, lenkte noch zusätzlich den Blick auf ihre Oberweite. Das dunkle Haar fiel ihr in großzügigen Wellen bis auf den Rücken und eine große Welle verdeckte ganz verrucht immer wieder das Rechte ihrer grünen Katzenaugen.

Ihr smarter Begleiter mit gepflegtem Sechstagebart hatte sich für ein Dinnerjacket entschieden. Sie stellten sich als Randy und Phil aus Boston vor, er Anwalt und sie Galeristin. Randy betonte, wie sehr sie sich darauf gefreut habe, sich endlich wieder einmal so sexy kleiden zu können, da sie hier wohl niemand erkennen dürfte. Zuhause in Boston müsse sie da leider etwas zurückhaltender sein, obwohl ihr der Kunstbetrieb schon einige extravagante Freiheiten erlaube. So habe sie bei einer Vernissage einmal einen engen Smoking getragen, unter dessen offener Jacke sie ganz ungeniert ihren nackten Busen gezeigt habe. Und ein völlig nacktes Künstlerpaar habe bei einer Performance vor allen Gästen ausgiebig gevögelt.

Alexandra erzählte, wie sehr sie es genösse, ständig ihre exhibitionistische Ader auszuleben. So würde sie eigentlich jeden Tag ihren Busen und oft auch ihre Scham unbekleidet zeigen. Und das sehr zu meiner Freude. Wir hätten auch gerne Sex in der Öffentlichkeit, denn das gäbe uns immer einen ganz besonderen Kick. Das Schönste für sie wäre übrigens mit zwei Männern gleichzeitig zu vögeln, zwei Penisse in sich zu fühlen, einer von vorne und einer von hinten. Und dabei auch noch eine Frau zu küssen und zu lecken, wäre auch nicht schlecht, zwinkerte sie Randy verheißungsvoll zu. Vielleicht wäre das ja ein schöner zweiter Nachtisch?

Ein Pianist begleitete das Dinner mit sanfter Barmusik. Zwischen den Gängen unterstützte ihn eine farbige Sängerin mit rauchiger Soulstimme, zu der ihr gewagtes Outfit vortrefflich passte. Ihr langes Kleid Bestand nur aus einem Netz aus goldenen Fäden, durch das die gepiercten Brustwarzen und Schamlippen bestens zu sehen waren. Völlig fasziniert suchte Phil immer wieder ihren Blick, den sie erwiderte. Mit ihrem drahtlosen Mikrofon ging sie von Tisch zu Tisch, nicht ohne dabei den Körperkontakt zu den Gästen zu suchen. Hinter Alexandra blieb sie minutenlang stehen und streichelte, während sie geradezu betörend sang, mit der freien Hand ihre nackten, brillantumrandeten Nippel.

Zu Phil herabgebeugt flüsterte sie: „Schieb deinen Stuhl zurück und hol deinen Schwanz aus der Hose, damit ich dich jetzt ficken kann!" Verblüfft tat er wie erbeten, öffnete seinen Hosenschlitz und befreite sein vor Erregung steifes Glied aus seinem Gefängnis. Ohne den Gesang zu unterbrechen, schob die Sängerin ihr Kleid bis zur Taille hoch, setzte sie sich frontal auf seinen Schoß und ließ seinen Penis in ihre feuchte Spalte eindringen. Sie ritt ihn zu den Soulklängen, bis sie mit immer schrillerer Stimme ihren Orgasmus allen Gästen entgegen schrie. Gleichzeitig vergoss er sein Sperma zuckend in ihrer Scheide. Der Gesang brach ab. Einige Gäste, die die Vorstellung ganz offensichtlich genossen hatten, applaudierten. Zwei Damen an den Nachbartischen hatte das wohl sehr angeregt und sie beugten sich zu den Schößen ihrer Männer herüber, um diese oral zu befriedigen. Die Stimmung im Restaurant hatte sich regelrecht aufgeheizt. Doch nun wurde der Hauptgang, farcierte Ochsenlende an Trüffelsauce, serviert und man konzentrierte sich wieder auf die kulinarischen Genüsse.

Ich merkte, dass Alexandra seit der erotischen Performance der Sängerin zunehmend unruhiger geworden war, so als bedaure sie es, nicht selber mitgemacht zu haben. Und so raunte sie mir ins Ohr: ‚Lass uns in die Bar gehen, ich bin schon ganz geil.‘ Ich ließ mir das natürlich nicht zweimal sagen und wir begaben uns wieder in die immer noch leere, benachbarte Hotelbar.

Alexandra kam auch ohne Umschweife zur Sache und setzte sich mit breit gespreizten Beinen auf einen Barhocker, so dass sich ihre vor Erregung feuchten Schamlippen teilten und ihr Kitzler sich mir entgegen reckte. Sie zog mich zu sich heran, versenkte ihre weiche Zunge zwischen meinen Lippen, befreite mit der freien Hand meinen harten Penis aus seinem Gefängnis und schob ihn gierig in ihre erwartungsvolle Vagina mit den Worten: „Fick mich so hart du kannst! Ich kann es kaum noch aushalten.“ Ich stieß zu, wieder und wieder in immer schneller werdendem Rhythmus, solange bis wir beide gleichzeitig mit einem unterdrückten Schrei kamen. Mein Sperma schoss in ihren Leib hinein, so als hätte es schon seit Stunden auf diesen Augenblick gewartet.

Als die stärkste Erregung verebbt war, leckte Alexandra meinen Schwanz sauber und ich konnte ihn wieder unter dem Hosenstoff verstecken. Aber nun liefen die Säfte aus der Scheide ihre Schenkel herab, und da sie ja kein Höschen trug und alles gut sichtbar blieb, mussten wir nach einer Lösung suchen. Die bereitliegenden Papierservietten halfen auch nur kurzfristig. Aber ich fand hinter dem Tresen den Korken einer Weinflasche, den ich in die Grotte einführte. Der optische Effekt war jedenfalls nicht schlecht, sorgte der Korken doch dafür, dass die Schamlippen geradezu einladend gespreizt blieben. So wollten wir es erstmal probieren und kehrten an unseren Tisch zurück.

Die Soulsängerin hatte ihren Auftritt inzwischen fortgesetzt und erwartete uns mit ihrer hinreißenden Stimme. Sie hatte ihr Kettchenkleid abgelegt und tanzte mit einem gutgebauten, ebenfalls nackten Latino mit einem auffallend großen Penis zu den Klängen des Tango Argentino, den der Pianist sehr gefühlvoll spielte. Die erotische Spannung zwischen den Beiden war kaum noch erträglich. Der Tänzer rieb sein steifes Glied an seiner Partnerin. Dann hob er ihr rechtes Bein an und drang noch in der Tanzbewegung in sie ein. Mit steigender Erregung tanzten sie langsam und gefühlvoll dem gemeinsamen Höhepunkt entgegen.

So gegen halb zwölf erreichte die erotisch aufgeheizte Stimmung an unserem Tisch ihren Höhepunkt, als Alexandra Phil und mich ganz unverblümt fragte, ob wir beide ihr nicht einen Wunsch erfüllen wollten. „Ich habe schon seit Jahren davon geträumt, auf einer Dachterrasse unter Sternenhimmel von zwei Schwänzen gleichzeitig in das neue Jahr gevögelt zu werden. Und heute ist es endlich soweit, heute will ich es tun. Und zwar mit euch! Wir treffen uns in zehn Minuten am Roof-Top-Pool. Bringt Champagner mit!"

Nackt unter den flauschig weichen Bademänteln mit dem aufgestickten Hotelwappen trafen wir vier uns auf der Dachterrasse, wo um einen Türkis beleuchteten Pool und einen großen Whirlpool weiße Liegen mit bequemen Polsterauflagen standen. Und tatsächlich funkelten die Sterne am erstaunlich klaren Himmel, trotz der ablenkenden Lichter der Metropole. Wir prosteten uns mit dem Champagner zu, küssten uns alle vier sehr innig, ließen unsere Finger über die erogenen Zonen der anderen tanzen, massierten gegenseitig Penisse und penetrierten Vaginas.

Als es auf Mitternacht zuging, hatte sich Phil auf eine der Liegen gesetzt und sein gut geöltes Glied vorsichtig in Alexandras Darm geschoben, die mit zugewandtem Rücken auf seinem Schoß saß. Nun konnte ich es gar nicht mehr erwarten, endlich meinen harten Schwanz von vorne in ihre vor Lust schon ganz nasse Scheide zu stoßen. Phil und ich fanden unseren gemeinsamen Rhythmus und massierten immer wieder gleichzeitig mit unseren Gliedern die dünne Wand zwischen Anus und Vagina. Alexandra stöhnte vor Wonne. Aus der Tiefe der Häuserschluchten hörte man auf einmal das altmodische Läuten von Kirchenglocken: es war Mitternacht und das neue Jahr hatte soeben begonnen! Als die ersten Raketen in den Himmel stiegen und die Böller krachten, waren auch wir soweit, und schossen unseren Samen in die Körperöffnungen Alexandras, die ihren Orgasmus in den Sternenhimmel hinausschrie, so wie sie ihn noch nie erlebt hatte.

Randy hatte sich währenddessen in den Whirlpool zurückgezogen, betrachtete neugierig unser Treiben und ließ sich von den Wasserstrahlen befriedigen. Sobald die erste Erschöpfung nachgelassen hatte, stießen wir vier auf das neue Jahr an. Randy sagte: „Das hat mir gefallen. Ich möchte auch von euch beiden zugleich gefickt werden, wenn ihr nachher wieder einsatzbereit seid!"

Bikerin

Alexandra hat sich einen Traum erfüllt. Nachdem sie in früheren Jahren eine 450er Honda fuhr, wurde es endlich Zeit für eine Harley Davidson, die kleine Sportster XL 883 Super Low, gewissermaßen das Damenmodell. Für Harley-Verhältnisse mit 240 Kilo relativ leicht und mit niedriger Sitzposition auch für eine schlanke Frau von 174 cm und 56 Kilogramm gut zu händeln. Hochglänzendes Schwarz mit viel Chrom sollte es sein. Zwar nur 53 PS aus 883 Kubik, aber trotzdem ein traumhafter Sound. Dieses tiefe Röhren, wenn man in einem Tunnel einfach Gas gibt. Das ist fast so gut wie ein Orgasmus.

Inzwischen hat sie sich bei einigen Ausfahrten genügend Routine erworben, um sich wieder sicher auf dem Bike zu fühlen. Nun wartet sie auf warme Sonnentage, die es ihr erlauben, auf die schwarze Lederkombi zu verzichten. Am liebsten würde sie auch den beengenden Integralhelm weglassen und ihr langes, blondes Haar im Fahrtwind wehen lassen. Und noch lieber würde sie völlig nackt im lauen Sommerwind auf ihrer röhrenden und vibrierenden Maschine durch Wiesen, Felder und Wälder brausen. Sicherlich unvernünftig, aber welche absolut geilen Träume sind schon vernünftig? Aber eines Tages würde sie diesen Traum wahr werden lassen! Diesen Tag würde sie ganz besonders zelebrieren.

Nun ist dieser Tag gekommen. Noch aufgegeilt nach dem täglichen Early-Morning-Fick mit ihrem Freund James duschen sie beide gemeinsam und so wie meistens ist James schon wieder so scharf, dass sein gieriger Schwanz von hinten in ihre Möse eindringt und sie erneut fast in den Wahnsinn treibt, bis er sein Sperma zuckend in sie schießt. Immer noch völlig nackt ruhen sie sich aus, während der starke Morgenkaffee die Lebensgeister wieder weckt.

Nun ist es Zeit, sich auf den nackten „Ausritt" vorzubereiten. Besonders sorgfältig rasiert Alexandra ihre Beine und ihren Unterleib, damit auch nicht der kleinste Haarstoppel zwischen ihren Schamlippen und der Harley stören kann. Dann cremt sie ihren ganzen Körper genüsslich mit Sonnenöl ein, widmet viel Zeit ihrem Po und ihrem Venushügel, massiert das Öl in ihre Klitoris ein, ihre Finger verlieren sich in ihrer Vagina, bis sie sich mit einem langgezogenen Seufzer zitternd einem erneuten Orgasmus hingibt. James sieht sich das Schauspiel mit Neugier an, obwohl er das schon tausend Mal bei seiner Freundin erlebt hat, und wichst seinen schon wieder erwachenden Penis. Die Frau ist einfach der Wahnsinn! Mit den Spitzen ihres bis zum Po reichenden Haares streichelt sie Kitzler und Schamlippen, weshalb sie diese Haarlänge auch als Kitzlerlänge bezeichnet. Nach dem Bürsten ihrer blonden Mähne ist sie jetzt bereit für den „Ausritt" mit der neuen Harley-Davidson, die sie auf den Namen „Lady's Joy" getauft hat. Nomen est omen.

Das Motorrad steht blankgewienert in seinem Stall. Die wichtigen Stellen des Sattels hat sie schon gestern mit Stoff bespannt, nicht zu weich und nicht zu rau, um eine optimale Verbindung zwischen der sensiblen Scham und der kraftvollen Maschine zu gewährleisten.

Vollkommen nackt steigt sie auf das Motorrad, schwingt dabei das rechte Bein in die Höhe, so dass James ihr tief zwischen die gespreizten Schenkel und die vor Erregung bereits geschwollenen Labien sehen kann. Ein Druck auf den Starterknopf und der mächtige Zweizylinder erwacht mit einem tiefen Grollen zum Leben. Die Vibrationen beginnen, sich auf ihren Venushügel zu übertragen. Sie beugt sich etwas nach vorne, um ihren Kitzler fester an den Sattel zu pressen. Ein Schauer durchläuft ihren Körper bis unter die Schädeldecke, so als würde die Erregung in jede einzelne Wurzel ihres traumhaft langen Haares fahren, das ihr jetzt wie ein Vorhang ins Gesicht fällt. Sie genießt diesen Augenblick, zögert ihn hinaus, will ihn gar nicht mehr enden lassen. Doch nun geht es los. Sie richtet sich auf, drückt den Rücken durch, wirft ihre Mähne nach hinten über die Schulter, die Haarspitzen berühren den Sattel. Kupplung langsam kommen lassen, etwas Gas geben und los. Blubbernd setzt sich die Harley in Bewegung.

Vorbei geht es an Passanten, die stehenbleiben, ihren Augen nicht trauen. Eine schöne, nackte Frau auf einer Harley-Davidson! Schon ist der Spuk wieder vorbei. Man hört nur noch das Grollen des Zweizylinders.

Das Gefühl ist unbeschreiblich, als Alexandra über die Landstraße fliegt, nur vom lauen Sommerwind umweht, der ihre Nippel steif werden lässt, fast wie ein süßer Schmerz, der an ihren Brüsten zerrt.

Es ist ein Bild für die Götter. Eine nackte Amazone mit wehendem blonden Haar auf einer Harley, die den Inbegriff des Motorrades symbolisiert – Easy Rider, Freiheit, ultimativer Sex.

Die gerade Strecke ist frei, niemand in Sichtweite. Jetzt die Kuh fliegen lassen! 120 – 140 – 160. Der Fahrtwind zerrt an den Haaren, an den Brüsten, pfeift an den Innenseiten ihrer Schenkel entlang. Weht in ihre Scheide, bläst in ihr Innerstes. Wahnsinn! Wahnsinn! Sie kneift die Knie zusammen, als würde sie ein Pferd reiten, einen wilden Mustang. Sie hebt ihren Hintern etwas in die Höhe, löst die Scham vom Sattel. Der Wind spielt mit ihren Schamlippen, rüttelt an ihnen, lässt das feine Häutchen ihres Kitzlers flattern, zerrt an dem Brillantring, der ihre

Klitoris ziert. Alexandra stöhnt auf, gibt noch einmal kurz Vollgas, lässt dann die Maschine auf dem Seitenstreifen ausrollen. Sie greift sich in den Schritt, reibt ihre Klitoris und schreit ihre Lust hinaus, ihre unbändige Lust. Was für ein Erlebnis! Sie steigt ab, legt sich ins Gras, so völlig nackt wie sie ist, ganz egal, ob jemand Fremdes sie sehen kann.

Ganz entspannt fährt sie noch eine halbe Stunde durch die Natur, bevor sie wieder ihr Zuhause erreicht.

Tandem

Alexandra, meine Muse und für mich die schönste Frau der Welt, hat sich vor ein paar Monaten einen alten Traum erfüllt und sich eine Harley-Davidson Sportster gekauft, die ihrem Namen „Lady's Joy" inzwischen alle Ehre gemacht hat. Lustvolle Ausfahrten, hin und wieder sogar völlig nackt, lagen hinter ihr. Ganz besonders genießt sie es, den Fahrtwind in ihren langen, blonden Haaren, an ihren straffen Brüsten und ihren glattrasierten, intimsten Stellen zu fühlen und sich ihrer Lust ungehemmt hinzugeben.

Der Wetterbericht hatte für dieses Wochenende Sonne bei milden Temperaturen angekündigt, geradezu ideal für einen „Ausritt" mit der Harley. Alexandra hatte mir schon vor ein paar Tagen angekündigt, dass wir beide vollkommen nackt sein müssten. Ich sollte fahren. Als der Tag gekommen war, bestiegen wir beide die Harley-Davidson, ohne Kombi und ohne Helm, einfach nur nackt, ich vorne, sie eng an meinen Rücken geschmiegt. Welch herrliches Gefühl! Mit geradezu überirdischer Leichtigkeit flogen wir über die Landstraße, durch Wiesen und Wälder. Auf einem Waldparkplatz verschnauften wir. Alexandra küsste mich, unsere Zungen erforschten einander, sie brachte meinen Ständer mit Hand und Mund in Form. Mit einer strammen Erektion startete ich wieder durch, gab Gas, während ich ihre Finger an meinem Schwengel fühlte.

So fuhren wir eine ganze Weile über Land. Kaum ein entgegenkommender Fahrer realisierte, wie wenig Kleidung wir am Leib hatten. Vielleicht schüttelte mancher den Kopf über so viel Leichtsinn, ohne Helm unterwegs zu sein. Aber keiner ahnte, dass Alexandras Hand die ganze Zeit meinen steifen Schwanz wichste, der vor mir aufragte.

Es war ein herrliches Gefühl von Freiheit und Lust. Im Rückspiegel sah ich, wie Alexandras Po langes Haar im Fahrtwind wehte. Ich spürte wie ihre Brustwarzen bei jeder Unebenheit an meinem Rücken rieben, wie ihre Zungenspitze immer wieder mal meinen Nacken neckte. Vor allem aber wie ihre Hand meinen Penis wichste. Die Ejakulation war kaum noch zu verhindern, als Alexandra mir ins Ohr schrie, ich solle mal kräftig Gas geben. Die Beschleunigung der Maschine presste uns noch stärker aneinander. Je schneller wir wurden, umso schneller wurde auch ihre Hand und schließlich kam ich mit einem Schrei, spritzte mein Sperma bei voller Fahrt in den Wind, fühlte wie die Feuchtigkeit auf meinen Leib klatschte. Absolut irre! Ich nahm Gas weg und kehrte zurück zu einer ruhigen Fahrweise.

Nach längerer Fahrt hielten wir an einer versteckten Stelle mit herrlicher Aussicht an, breiteten unsere Ficknickdecke am Flussufer aus und ruhten eine Weile. Natürlich waren wir immer noch nackt. Wie ein übergroßer Heiligenschein umkränzte Alexandras knapp meterlanges Blondhaar ihr Gesicht und leuchtete golden im warmen Licht der Abendsonne, wie sie so dalag. Noch immer erregt, ragten die ungewöhnlich langen Nippel aus den kleinen, dunklen Vorhöfen der straffen Brüste, die jeglicher Schwerkraft bisher erfolgreich widerstanden hatten. Meine Finger streichelten ihre perfekt glattrasierte Scham, massierten sanft die geschwollene Klitoris, drangen in die feuchte Grotte ein und begannen sie zu ficken. Ich wechselte die Position und ließ meine Zunge die empfindliche, kleine Hautfalte ihres Kitzlers liebkosen, während meine Finger an Tempo zulegten. Ihr Leib bäumte sich auf, ein Zittern durchfuhr ihren Körper und sie schrie ihren Orgasmus geradezu in die Welt hinaus, sackte dann erschöpft in sich zusammen. Mein gieriger Schwanz hatte sich inzwischen wieder zu stattlicher Größe aufgerichtet und die ausgeprägte Eichel den Eingang in ihre Vagina gefunden. Ich spürte, dass ihr Orgasmus noch immer nicht vollständig abgeebbt war. Als wollte ich sie mit meinem Penis durchbohren, strebte ich mit kräftigen Stößen meinem Höhepunkt entgegen. Als ich mich in ihr vergoss, durchfuhr erneut ein Zittern Alexandras Leib und ein langgezogener Seufzer entrang sich ihrer Kehle.

Im lauen Abendwind fuhren wir gemächlich nachhause zurück. Diesmal war ich der Sozius und konnte die harten Brustwarzen massieren, was meine Liebste wie ein Kätzchen schnurren ließ. Ich merkte, wie mein Glied wieder steif wurde und sich gegen ihre Pospalte drängte. Ich stellte mir vor, wie es wäre, wenn Alexandra mit dem Rücken auf dem Tank vor mir läge mit meinem Schwanz in ihrer Möse und ich sie bei voller Fahrt fickte. Leider ließ die Form der Sitzbank das nicht zu und so musste das eine Phantasie bleiben.

Wir hatten einen herrlichen „Ausritt" genossen und dabei noch nicht einmal Anstoß erregt. Zumindest hatte sich niemand über unsere Nacktheit und unseren Leichtsinn beschwert. Wir sollten das bald wieder einmal machen!

Bikertreffen

Meine Freundin und Muse Alexandra hatte von einem Motorradclub gehört, die sich „Fucking Nude Harley Devils" nannte. Sofern das Wetter schön wäre, wollte sie an dem nächsten Treffen teilnehmen, das auf einer Burg, nicht allzu weit von unserem Wohnort entfernt, stattfinden sollte. Ob man da wirklich schon nackt auf seinem Motorrad anreiste? Alexandra hatte schon viele „Ausritte", wie sie es nannte, mit ihrer Harley Davidson Sportster völlig nackt genossen und war geradezu süchtig danach geworden. Vielleicht gab ihr auch das Risiko, wegen Erregung öffentlichen Ärgernisses und Verstoßes gegen die Straßenverkehrsordnung belangt zu werden, einen zusätzlichen Kick.

Sie hatte mit Harry, dem Präsidenten des Clubs, telefoniert, der sie herzlich willkommen hieß und ihr Datum und Ort des Meetings nannte. Sie solle sich aber darauf gefasst machen, dass sie alle, ob Männlein oder Weiblein, grundsätzlich nackt seien und es auch sonst recht freizügig zuginge. Wer nicht sexuell aufgeschlossen oder gar monogam veranlagt sei, hätte bei ihnen nichts verloren. Aber diese Idee kommt meiner exhibitionistisch veranlagten Muse ja nur entgegen.

Alexandra hat sich entschlossen, die lange Anfahrt zur Burg Stolzenstein mit Helm und voller Ledermontur zu absolvieren, schon aus Gründen der Sicherheit. Bei herrlichem Wetter kommt sie an, bezieht ihr Zimmer im Burghotel und erscheint vorschriftsmäßig nackt, wie Gott sie schuf, gerade rechtzeitig zur Begrüßung im Innenhof, wo alle Harleys im Kreis aufgestellt sind. Vor ihren Maschinen stehen die unbekleideten Bikerinnen und Biker und schauen auf ihren Chef, der gerade mit der Begrüßung der Clubmitglieder beginnt. Harry, der Präsident ist ein wahrer Hüne, gut 1,90 m groß, nahtlos gebräunt wie fast alle Anwesenden, mit breitem Kreuz, schmalen Hüften und behaartem Körper wie ein Bär. Nur sein Schambereich ist rasiert, um so seinen beschnittenen und beringten Riesenpenis noch zu betonen. So steif wie der sich präsentiert, ist er wohl gerade noch aktiv gewesen. Harry trägt einen langen grau-blonden Zopf, der zwischen den nackten Pobacken verschwindet. Auf dem Kopf hat er einen vernickelten Halbhelm, den zwei Wikingerhörner zieren. Wirklich eine imposante, ungewöhnliche Erscheinung.

Fiona, seine Begleiterin trägt ihr rabenschwarzes Haar als schulterlangen Bob mit einem sehr schmalen überlangen Pony, der die leuchtend grünen Katzenaugen halb verdeckt. Ihre üppige, aber dennoch wohlproportionierte Figur zieren kräftige silberne Ringe, die über der Oberlippe durch die Nasenscheidewand, durch beide Nippel und die Schamlippen gestochen sind, was ihr irgendwie ein martialisches Aussehen verleiht. Sie kniet vor dem Präsidenten, so als wolle sie jederzeit mit ihren Lippen verhindern können, dass die Erektion vergeht.

Nach der allgemeinen Begrüßung spricht Harry die neu hinzugekommene Alexandra an, heißt sie als Gast willkommen und erläutert die Regeln: „Von der ersten bis zur letzten Minute unserer Meetings, einschließlich der Ausfahrten, sind wir nackt und grundsätzlich zu Sex mit den anderen Harley Devils bereit, egal ob in der Gruppe oder Mann oder Frau. Wir sind für alles offen. Am ersten Abend, so auch heute, findet traditionell das Big Fuck Off statt, bei dem jede Bikerin mit jedem Biker ficken muss. Das zieht sich bei zweimal 11 Personen gewöhnlich über mehrere Stunden hin. Es gibt mindestens zwei Durchgänge: den oralen, den vaginalen und, das sei aber freiwillig, den analen, für die Mitglieder, die dann noch Lust haben.

Nach dem Manual Warming Up, bei dem es gilt, sich selbst durch Masturbation in Stimmung zu versetzen, legen sich alle Männer in der ersten Runde rücklings auf ihre Maschinen und lassen sich von den Frauen oral befriedigen. Nach jeweils drei Minuten rücken diese im Uhrzeigersinn um einen Partner vor. Erst die letzte Paarung darf das Spiel vollenden und den Männern zur simultanen Ejakulation verhelfen. Dass das Sperma von den Frauen geschluckt wird, ist Ehrensache."

Danach würden am Lagerfeuer zwei Wildschweine gegrillt und in einem üppigen Gelage verzehrt. „In der zweiten Runde legen sich die Frauen quer über den Motorradtank und lassen sich nacheinander von allen Männern jeweils fünf Minuten lang ficken. Auch hier darf die erlösende Ejakulation erst bei der letzten Paarung erfolgen. Währenddessen ist es das Ziel der Männer, den Frauen möglichst oft zum Orgasmus zu verhelfen. Übrigens rasieren wir alle grundsätzlich regelmäßig unsere Scham, weil dies ästhetischer und hygienischer ist. Außerdem, wer möchte beim Sex schon Haare auf den Zähnen haben?"

Ansonsten würden alle in der Gruppe bei den Ausritten noch einige lustspendende Übungen durchführen. Doch das könne Alexandra ja selbst erleben, wenn sie denn mitmachen wolle.

Im Übrigen müsse sie noch wissen, dass zum Initiierungsritual gehöre, dass alle fünf Vorstandsmitglieder des Clubs die Neue hintereinander bis zur Ejakulation ficken würden. Erst dann könne sie zu den „Fucking Nude Harley Devils" gehören. Alexandra reagiert auf diese Aussichten erst einmal zurückhaltend. Als Exhibitionistin stellt sie zwar gerne ihren Körper zur Schau und liebt auch den Sex in aller Öffentlichkeit, aber sich gleich von einer ganzen Horde Biker ficken zu lassen, geht ihr nun doch etwas zu weit. Sie möchte erst einmal als Zuschauerin dabei sein, ohne gleich die gesamte Orgie mitzumachen.

Alexandra sieht sich ein wenig im Innenhof um und bewundert die eindrucksvollen, schweren Maschinen. Viele sind chromblitzende Chopper mit langen Lenkgabeln, die eine entspannte, zurückgelehnte Sitzhaltung ermöglichen. Aber es gibt auch mattschwarz lackierte Geräte, die ausgesprochen martialisch aussehen. Komfortable Cruiser mit Verkleidung, riesigen Koffern an der Seite und Soundanlagen, die einer mittleren Disco alle Ehre machen würden, komplettieren das Bild. Es sind fast alle Modelle dabei. Fast alle Biker*Innen sind mit ihrer eigenen Harley da. Lediglich ein Paar teilt sich eine gemeinsame Maschine.

Auf den Sätteln mehrerer Maschinen entdeckt Alexandra aufmontierte Dildos in Originalgröße, meist ganz naturalistisch echten Penissen nachempfunden. Am schönsten ist ein dicker, goldener Silikonpenis, der offensichtlich ein beschnittenes Glied als Vorbild hat, wie die wunderschön ausgeprägte Eichel zeigt. Die dazugehörige, mehrfach gepiercte Bikerin mit leuchtend blauem Irokesenschnitt auf Kopf und Venushügel, farblich genau zum Lack des Tanks passend, erklärt ihr, dass dies nicht nur einfacher Dildo sei, sondern ein Vibrator. Die Intensität der *good vibrations* könne sie per Sprachsteuerung auch während der Fahrt verändern, beispielsweise mit dem Befehl: „Dildo, treib mich zum Wahnsinn!". Es sei ein unglaubliches Gefühl, völlig nackt auf der schweren Low Rider über die Straße zu fliegen und von dem Kunstpenis wieder und wieder zum Orgasmus getrieben zu werden. Das sei wirklich der absolute Wahnsinn! Allerdings sei das auch nicht so ganz ungefährlich, sich derartig ablenken zu lassen. Sie sei nach einem solchen Ausritt immer vollkommen fertig. Aber die unvergleichliche Lust dabei sei es das wert.

Sie wischt den Satteldildo mit einem Desinfektionstuch ab und lädt Alexandra ein, ihn wenigstens im Stand einmal auszuprobieren. Alexandra besteigt das Motorrad, lässt den Kunstschwanz langsam in ihre, vor erwartungsvoller Erregung völlig nasse Scheide eindringen. Sie reitet ein paar Mal auf und ab, genießt die Spannung, die die dicke Eichel erzeugt. Die Irokesenfrau befiehlt: „Dildo, fick mich sanft!" und der Vibrator beginnt mit oszillierenden Bewegungen sein Werk. Schon dies lässt Alexandra erschauern. „Dildo, fick mich heftig!", sorgt für ein Kribbeln bis unter die Kopfhaut und anhaltendes Stöhnen. Sie wirft ihren Oberkörper vor und zurück, ihr blondes Haar fällt ihr ins Gesicht, berührt den Sattel, dann wieder den Lenker. Schließlich kommt die Anweisung: „Dildo, treib mich zum Wahnsinn!", die Alexandra vollends in Extase versetzt. Nach einer Minute schüttelt sie ein Orgasmus, wie sie ihn nur selten erlebt hat. Mit einem inbrünstigen Schrei sackt sie in sich zusammen. Schwer vorstellbar, solch einen Höhepunkt bei voller Fahrt unfallfrei zu überleben. Aber dennoch, „so einen vibrierenden Dildo für die Harley möchte ich auch haben!", denkt sich Alexandra.

Nach diesem unglaublichen Orgasmus ruht Alexandra rücklings auf der Maschine. Immer noch durchzucken vereinzelte Schauer ihren herrlichen Körper. Die Irokesenfrau beugt sich über sie, küsst sie auf den Mund, erforscht ihn mit ihrer Zunge, fährt mit den Fingern durch die seidige, blonde Mähne, die fast bis auf den Boden fällt, streichelt ihre Brüste und massiert ganz sanft die ungewöhnlich langen Brustwarzen. Ihre gepiercte Zunge tastet sich über den Bauch und den makellos glatt rasierten Venushügel bis zu Alexandras Lustzentrum, teilt die Schamlippen und tanzt auf ihrer Klitoris, was erneut ein wollüstiges Stöhnen auslöst. Offenbar ist noch nicht alle Energie aus Alexandra gewichen.

Eine Gruppe von drei Bikern und einer Bikerin hat inzwischen ein ganz spezielles Spiel begonnen. Die Frau, eine auffällige Erscheinung mit wallender, roter Lockenmähne und blasser, sommersprossiger Haut, verhilft den drei gut gebauten Männern mit dem Mund zu nicht zu übersehenden Ständern. Der erste, ein nahtlos gebräunter, kahlrasierter Riese vögelt sie zunächst frontal mit langsamen Bewegungen, der Zweite hat seinen Schwanz eingeölt und dringt vorsichtig in den Anus des Ersten ein, während dieser weiterhin die Rothaarige fickt. Der dritte Mann tut es ihm gleich. Die drei Biker finden einen gemeinsamen Rhythmus und die kräftigen analen Stöße der zwei Hintermänner setzen sich bis in die Vagina der Frau fort, die bald vor Lust laut zu schreien beginnt. Mit zunehmender Heftigkeit bewegt sich das Quartett auf den gemeinsamen Höhepunkt zu, bis die drei Schwänze fast gleichzeitig explodieren und ihr Sperma vergießen.

Wie nicht anders zu erwarten, dominiert der Sex bei den Fucking Nude Harley Devils alle übrigen Aktivitäten an diesem ersten Tag.

Am nächsten Tag ist ein längerer Ausritt angesagt. 22 Harley-Davidsons starten mit ihren Fahrer*Innen bei ohrenbetäubendem Grollen im Burghof. Alle sitzen sie vollkommen nackt, ohne Lederkombi und ohne Helm auf ihren schweren Maschinen und genießen die Freiheit und den Fahrtwind an ihren Körpern. Einige der Frauen haben Dildos auf ihren Sätteln montiert, die sie gewissermaßen reiten, oder genoppte Höcker, die ihre Kitzler während der Fahrt stimulieren. Die Vibrationen der großen Zweizylinder tragen das Ihre zu den lustvollen Empfindungen der Bikerinnen bei. Hier sind sie gegenüber den Männern eindeutig im Vorteil.

Während des folgenden Ficknicks sind alle entsprechend lustvoll aufgeheizt, so dass manche Paare es gar nicht erwarten können, auf den ausgebreiteten Picknickdecken übereinander herzufallen und einander in allen denkbaren Stellungen oral, vaginal oder anal zu befriedigen. Gut, dass man eine uneinsehbare Stelle an einem Seeufer ausgewählt hat, wo die Orgie keinen öffentlichen Anstoß erregt.

Alexandra besieht sich das durchaus anregende Treiben, beschließt aber sich dem Club nicht anzuschließen. Ihr entspricht es doch mehr, die Nacktheit auf der Harley alleine oder nur zu zweit zu erleben.

Sie bedankt sich bei Präsident Harry und seinen Clubfreund*Innen und genießt die Rückfahrt nachhause ganz alleine.

Ende gut – alles gut

Hat Ihnen, werte(r) Leser*in, dieses Buch gefallen? (Hoffentlich habe ich das jetzt politisch korrekt hinbekommen!). Dann freuen Sie sich doch schon auf das nächste Werk von Conny Lingus, eine weitere Sammlung erotischer Phantasien und phantastischer Erotik.

Es wird voraussichtlich "Dressed To Show 2 – Valérie & Co." heißen und 2021 im Hamburger Verlag **tredition.de** erscheinen. Auf den folgenden Seiten finden Sie eine Leseprobe.

Ich bin übrigens schon ganz gespannt auf Ihre Kommentare zu "Dressed To Show" und freue mich auf Anregungen, Kritik, wohlmeinende Verrisse und ultimative Lobhudeleien. Schreiben Sie mir eine E-Mail an:

mail@connylingus.com

Und nun die versprochene Leseprobe:

Au Restaurant

Au Restaurant

Simon hat Valérie vor zwei Wochen auf dem Dating-Portal "Fuckstop" kennengelernt. Sie fanden sich sofort sympathisch und haben seitdem fast täglich miteinander gechattet. Als sie mehr und mehr feststellten, dass auch ihre Geschmäcker bis hin zu den sexuellen Vorlieben zueinander passen, beschlossen sie, sich zu treffen, um zumindest beider Neugier zu befriedigen, wenn nicht gar mehr. Er hatte ihr von seinen voyeuristischen Träumen erzählt und sie hatte ihm ihre exhibitionistische Neigung offenbart. 'Das scheint ja bestens zu passen', sagte er sich, 'ob sie wirklich so toll aussieht wie auf den Fotos?' Und sie dachte: 'Ob er wirklich den verführerischen Charme besitzt, den seine Mails ausstrahlen?'

Beide wohnen und arbeiten auf der Pariser Rive Gauche und so verabredeten sie sich im chicen Bistro 'Le Canard Enchaîné' nahe des Odéon-Theaters im Stadtteil Saint-Germain, der seit jeher von den jungen Schönen und den smarten Reichen favorisiert wird.

Simon hatte den Tisch einfach auf seinen Vornamen reserviert und fand sich bereits zehn Minuten vor der verabredeten Zeit in dem kleinen Bistro ein, in dem die Wände verspiegelt sind und die dicht aneinander stehenden Tische herausgezogen werden, um die Gäste auf der Sitzbank Platz nehmen zu lassen. Er betrachtete sich selber im Spiegel hinter der Sitzbank und war mit dem Ergebnis durchaus zufrieden: gut geschnittenes, dunkles Haar, gepflegter Dreitagebart, weißes Hemd mit offenem Button-Down-Kragen und ein taillierter, dunkelblauer Blazer mit lässigem Einstecktuch.

Die Tür geht auf und eine hinreißend aussehende Frau um die Dreißig in einem figurbetonten Dark-Nerz betritt das Restaurant: 'Bonsoir, Monsieur Simon erwartet mich.'

Er steht auf, völlig überwältigt von ihrer Ausstrahlung, begrüßt sie mit Küsschen links und rechts, hilft ihr aus dem Mantel. Ihr seidig glänzendes, haselnussbraunes Haar fällt ihr vom Seitenscheitel ganz verführerisch über das rechte Auge und in weichen Wellen über die Brüste bis zur Taille. Über einer durchsichtigen, schwarzen Chiffonbluse mit langen Ärmeln trägt sie einen mit schwarzen Pailletten bestickten Bolero, dazu eine enganliegende schwarze Hose aus handschuhweichem Nappaleder, die jede Kerbe ihres Unterleibs betont. Die schlanken Fesseln werden durch die hochhackigen Lack-Pumps und ein goldenes Fußkettchen noch unterstrichen. Nachdem sie auf der Bank vor dem Spiegel Platz genommen hat, löst sie das Kettchen, das den Bolero in der Mitte zusammen hält, streicht ihr Haar mit der Linken zurück hinter die Schulter und lässt Simon einen Blick auf ihren perfekten Busen unter der völlig transparenten Bluse erhaschen. Doch gleich schüttelt sie wieder ihre üppige Mähne, so dass der erotische Einblick wie ein Spuk wieder verschwunden ist. Sie lächelt ihn an: 'Hallo Simon! Schön, dass wir uns endlich treffen! Was ich sehe, gefällt mir jedenfalls schon mal. Wollen wir mal sehen, was uns der Abend noch bringen wird!'

Der völlig unerwartete, kurze Anblick von Valéries nahezu nacktem Busen macht Simon unruhig, regt seine Phantasie an. Die von ihm vorab bestellten Gläser Champagner mit einem kleinen Schuss winterlichem *liqueur de pain d'épices*, dem Lebkuchenlikör aus dem Elsass, kommen und beide prosten sich zu, nicht ohne einen tiefen Blick in die Augen des Gegenübers: 'Cin Cin! Auf das, was wir lieben!' Der Patron zeigt ihnen eine große Tafel, auf der die Speisekarte in Schönschrift mit Kreide aufgemalt ist: 'Heute haben wir ganz frischen *raie au beurre noir*, Rochenflügel mit Kapernbutter. Ansonsten empfehle ich Ihnen ganz besonders unsere Spezialitäten *foie gras en brioche* und *Bouillabaisse à l'homard*. Nach kurzer Zeit kommt er wieder: 'Madame, haben Sie schon etwas gewählt?'

'Ich nehme sechs Austern, Belon No. 2, dazu ein Glas Chablis und hinterher den Rochenflügel.' Simon wählt die Bouillabaisse mit einem kleinen Glas Rosé de Provence dazu und dann ebenfalls den Fisch.

Simon kann den Blick von seiner umwerfend attraktiven Begleitung kaum lösen, dem leicht amüsierten, katzenhaften Blick aus intensiv grünen Augen unter langen Wimpern, durch dunklen Lidschatten betont, aber ansonsten sehr dezent geschminkt, dem seidigen, langen Haar, unter dem immer wieder ihre wundervollen Brüste sichtbar werden, kaum verhüllt vom schwarzen Chiffongewebe. Sie sind nicht allzu groß, straff und haben der Schwerkraft bisher Stand gehalten mit ausgeprägten, steifen Nippeln, umgeben von kleinen, dunklen Vorhöfen. Brillantbestückte Ringe umfassen die Brustwarzen, die bei jeder Bewegung im Licht glitzern und die Blicke auf sich ziehen. Dazu passende Brillantohrringe werden sichtbar, wenn sie zwischendurch die Haare hinter das Ohr streicht. Simon merkt, dass seine Hose allmählich eng wird.

Unter dem Tisch hat Valérie ihren rechten Schuh inzwischen abgestreift und ihre Zehen haben sein erigiertes Glied gefunden, das sie unter dem straffen Stoff der Hose massieren: 'Deinem kleinen Freund scheine ich wohl zu gefallen' flüstert sie, während ihre Fingerspitzen wie zufällig wiederholt über den harten Nippel ihrer Brust streichen. Die langen, schlanken Finger ihrer Rechten suchen auf dem Tisch seine linke Hand: 'Möchtest du auch mal testen, wie sich das anfühlt?' Jetzt führt sie ihr Glas an die Lippen, nicht ohne vorher mit der Zunge leicht über den Rand zu streichen, bevor sie daran nippt.

Die Vorspeise wird serviert: Bouillabaisse für Simon, sechs Austern für Valérie. Geradezu sinnlich und mit halb geschlossenen Augen schlürft sie genussvoll die edlen Muscheln, auf die sie einen kleinen Spritzer Zitrone geträufelt hat. Auch die Fischsuppe schmeckt ganz vorzüglich und lenkt seine Konzentration wieder auf das Essen zurück.

Während sie auf das Hauptgericht warten, beugt sich Simon vor, um Valéries steifen Nippel durch den fast unsichtbaren Stoff zu berühren, der von ihrem Haar umspielt wird. 'Trägst du diesen scharfen Schmuck eigentlich immer?' 'Nein, nur dann wenn ich meinen Busen zeigen möchte. Aber das möchte ich fast immer. Und untenherum trage ich statt eines Höschens auch lieber Schmuck. Vielleicht zeige ich ihn dir einmal?' lächelt sie ein wenig provozierend. Diese Vorstellung lässt Simon auf seinem Stuhl unruhig werden. Er prostet ihr zu: 'Ein Toast auf die Höhlenforschung! Und ich bin in dem Metier sehr erfahren, musst du wissen.' 'Ja, ich kann deinen Forscherdrang ganz deutlich mit meinen Zehen fühlen. Aber jetzt entschuldige mich mal ganz kurz, bevor der Hauptgang kommt.'

Der Tisch wird aus der Reihe herausgerückt und Valérie begibt sich unter den bewundernden oder auch gierigen Blicken der anderen Gäste zur nahen Toilette. Als sie zurückkommt, trägt sie weder Bluse noch Bolero. Ihre Brüste schwingen frei und sind, je nach Bewegung, nur noch von ihrem Haar bedeckt. Auch mit ihrer Hose ist etwas passiert, es ist auf den ersten Blick nur nicht zu erkennen. Ganz offensichtlich hat die weiche Nappalederhose einen Reißverschluss, der von vorne bis hinten reicht. Und diesen hat sie bis zum Po geöffnet, so dass ihre glattrasierte Scham und der vor Erregung angeschwollene Kitzler zu sehen sind. Ein kleiner Brillantring schmückt die delikateste Stelle. Valérie hat also nicht zuviel versprochen.

Bevor sie wieder Platz nimmt, stellt sie sich mit dem Unterleib ganz nahe an sein Gesicht und sagt: 'Du solltest einmal probieren, wie ich schmecke!' Simon blickt sich verstohlen um, aber die Gäste an den Nachbartischen sind im Gespräch vertieft oder widmen sich ihrem Essen. Es scheint niemand etwas bemerkt zu haben. Er beugt sich hinunter als wolle er seine Serviette aufheben, streicht aber mit der Zunge ganz sanft ihre Spalte entlang, lässt seine Zungenspitze ein paar Sekunden an ihrer empfindlichsten Stelle kreisen bis sie beginnt, sich zu winden. Valérie setzt sich wieder auf die Bank, streicht die Haare beiseite und zeigt ganz unverhohlen ihren nackten, brillantgeschmückten Busen: 'So, jetzt fühle ich mich schon viel freier. Und meine Umwelt hat auch etwas davon.'

Die Rochenflügel in dunkler Kapernbutter sind eine Delikatesse. Dennoch kann Simon sich kaum darauf konzentrieren, lenkt ihn doch der Anblick der barbusigen Valérie zu sehr ab. Soviel Freizügigkeit in einem öffentlichen Restaurant mitten in Paris hat er bisher noch nicht erlebt. In einem Strandrestaurant an der sonnigen Côte d'Azur kommt sowas schon mal vor, aber hier? Ihm läuft geradezu das Wasser im Mund zusammen, vermutlich nicht nur wegen des Essens. Vor allem der stetige Wechsel von der freien Sicht auf den Busen und dessen Versteck hinter der langen, üppigen Haarmähne macht Simon völlig fertig. Wie wird dieses Spiel nach dem Essen weitergehen? Er merkt, dass sich ein feuchter Fleck auf seiner Hose bildet.

Nach dem letzten Bissen lehnt sich die schöne Valérie zurück, nimmt noch einen letzten Schluck Chablis und schaut ihrem Gegenüber tief in die Augen: 'Ich möchte jetzt deinen großen Zeh in meiner Muschi spüren!' Sie rutscht auf dem Sitz ein wenig nach vorne und spreizt ganz offenbar ihre Schenkel. Simon hat bereits seinen rechten Slipper samt Socke abgestreift und bemüht sich, ohne den Tisch wackeln zu lassen, mit seinem Fuß Valéries Kitzler zu streicheln. Dabei spürt er den kleinen Brillantring, was seine Phantasie derart anregt, dass er sich beherrschen muss, seinen Schwanz nicht unter der Tischdecke herauszuholen und zu masturbieren. Valéries Augenlider haben sich gesenkt, die Lippen leicht geöffnet, als sein großer Zeh zwischen den Labien in sie eindringt und beginnt, sie zu ficken. Ihr Blick wird immer verzückter und sie kann ein leises Stöhnen nicht mehr unterdrücken, was nun natürlich die Aufmerksamkeit der Tischnachbarn endgültig auf sie zieht. Zu allem Überfluss steckt sie auch noch den Daumen in den Mund und beginnt, an ihm zu saugen.

'Haben Sie es genossen? Und darf es noch ein Dessert sein?' fragt die Bedienung und bringt die Beiden damit in die Realität zurück. Die Blicke treffen sich irgendwo zwischen Begierde und Erschöpfung. 'Ich komme gleich noch einmal wieder.' Valérie bedeckt ihre Brüste wieder mit ihrem Haar.

'Ich möchte deinen Schwanz in mir spüren, jetzt gleich. Gibt es hier ein ruhiges Plätzchen?' 'Steh auf und komm mit' flüstert Simon, 'hinten gibt es eine Bar.'

Tischrücken, er folgt ihr bis hinter den zu dieser Stunde verwaisten Bartresen. Valérie umarmt Simon, lässt ihre Zunge seinen Mund erforschen, während ihre Hände sein Glied aus seinem Gefängnis befreien. Sie gleitet an ihm herunter, ihre Lippen nehmen seinen Penis gierig in sich auf, ihre Zunge liebkost seine Eichel, ihre Massage hält erst inne, als er sich vor Lust windet und kurz davor ist, zu kommen. 'Noch nicht, warte! Ich will dich jetzt in mir fühlen.' Sie dreht ihm ihren Rücken zu, beugt sich vor und streckt ihm ihren Hintern mit der entblößten Spalte hin. Fast möchte er seinen steifen Schwanz in ihren Anus stecken, als er sieht, dass dort schon ein Stöpsel steckt, dessen rubinrotes Ende ihm in der Barbeleuchtung wie ein überdimensionaler Edelstein entgegen funkelt. Endlich dringt sein steifes Glied in ihre Scheide ein und treibt sie mit rhythmischen Stößen allmählich zum Höhepunkt. Mit einem unterdrückten Schrei entlädt er sich in ihr, während sie ebenfalls von einem heftigen Orgasmus geschüttelt wird. Ganz offensichtlich ist ihr Tun in der ungenutzten Bar unbemerkt geblieben. Nach einem langen, innigen Kuss richten beide ihre Kleidung und begeben sich wieder an ihren Tisch. Die mehr oder weniger verstohlenen Blicke der Tischnachbarn lassen erkennen, dass diese erahnen, was sich zwischen den Beiden abgespielt hat, zumal Valérie mittlerweile ganz unbekümmert ihre nackten Brüste zeigt.

"Das war doch ein vielversprechender Anfang" sagt Simon. "Das sollten wir öfters machen" lächelt Valérie. "Morgen um die gleiche Zeit? Der Patron hat bestimmt wieder eine interessante Tageskarte."

Zeitfracht Medien GmbH
Ferdinand-Jühlke-Straße 7
99095 Erfurt, Deutschland
produktsicherheit@kolibri360.de